DU MÊME AUTEUR

Aux Éditions Gallimard

LA SAGESSE DE L'AMOUR, 1984 ; rééd. « Folio essais », 1988

LA DÉFAITE DE LA PENSÉE, 1987 ; rééd. « Folio essais », 1989

LA MÉMOIRE VAINE. Du crime contre l'humanité, 1989 ; rééd. « Folio essais », 1992

LE MÉCONTEMPORAIN. Péguy, lecteur du monde moderne, 1991 ; rééd. « Folio », 1999

COMMENT PEUT-ON ÊTRE CROATE ?, 1992

L'INGRATITUDE. Conversation sur notre temps avec Antoine Robitaille, 1999 ; rééd. « Folio », *Postface d'Antoine Robitaille*, 2000

UNE VOIX VIENT DE L'AUTRE RIVE, 2000 ; rééd. « Folio », 2002

L'IMPARFAIT DU PRÉSENT. Pièces brèves, 2002 ; rééd. « Folio », 2003

AU NOM DE L'AUTRE. Réflexions sur l'antisémitisme qui vient, 2003

DISCOURS DE RÉCEPTION D'ALAIN FINKIELKRAUT À L'ACADÉMIE FRANÇAISE ET RÉPONSE DE PIERRE NORA, 2016

À LA PREMIÈRE PERSONNE, 2019 ; rééd. « Folio », 2021

Chez d'autres éditeurs

LE NOUVEAU DÉSORDRE AMOUREUX, en collaboration avec Pascal Bruckner, *Seuil*, 1977

RALENTIR : MOTS-VALISES !, *Seuil*, 1979

AU COIN DE LA RUE, L'AVENTURE, en collaboration avec Pascal Bruckner, *Seuil*, 1979

LE JUIF IMAGINAIRE, *Seuil*, 1980

LE PETIT FICTIONNAIRE ILLUSTRÉ, *Seuil*, 1981 ; rééd. « Points », 2006

L'AVENIR D'UNE NÉGATION. Réflexion sur la question de génocide, *Seuil*, 1982

LA RÉPROBATION D'ISRAËL, *Denoël*, 1983

L'HUMANITÉ PERDUE. Essai sur le XXe siècle, *Seuil*, 1996

Suite des œuvres d'Alain Finkielkraut en fin de volume

PÊCHEUR DE PERLES

ALAIN FINKIELKRAUT

de l'Académie française

PÊCHEUR DE PERLES

nrf

GALLIMARD

PROLOGUE

Walter Benjamin collectionnait amoureusement les citations. Dans la magnifique étude qu'elle lui a consacrée, Hannah Arendt compare ce penseur inclassable à un pêcheur de perles qui va au fond des mers « pour en arracher le riche et l'étrange ».

Subjugué par cette image, je me suis plongé dans les carnets de citations que j'accumule pieusement depuis plusieurs décennies. J'ai tiré de ce vagabondage les phrases qui me font signe, qui m'ouvrent la voie, qui *désentravent* mon intelligence de la vie et du monde. Et plutôt que de les mettre au service d'une thèse ou d'une démonstration, je me suis laissé guider par elles, sans idée préconçue. Ces phrases n'étaient pas pour moi des ornements, mais des offrandes. Elles ne décoraient pas la pensée, elles la déclenchaient ; elles ne l'illustraient pas, elles la tiraient du sommeil.

Avant le grand saut dans l'éternel nulle part, j'ai ainsi dressé, sans chercher à être exhaustif ni à faire système, le bilan contrasté de mon séjour sur la Terre.

1

« Le cœur consiste à dépendre ! »

PAUL VALÉRY

Un dimanche matin, au petit déjeuner, celle qui allait devenir ma femme m'annonça que c'était fini, qu'elle me quittait et que sa décision était irrévocable.

La veille, nous nous étions disputés ou, plus exactement, accrochés à propos du film *Le Choix de Sophie*. Elle avait dit son enthousiasme pour la performance de Meryl Streep. Je lui avais rétorqué qu'en effet celle-ci jouait très bien, que son incarnation de la femme forcée par un officier SS de choisir lequel de ses deux enfants allait survivre était magnifique, mais qu'au lieu de demander à une grande actrice hollywoodienne d'imiter, à s'y méprendre, l'accent polonais, il eût été opportun de confier le rôle à une comédienne polonaise. Je n'étais pas assez bête pour dénoncer ce qu'on n'appelait pas encore « l'appropriation culturelle ». Je n'étais certes pas choqué qu'un hétérosexuel joue le rôle d'un homosexuel atteint du sida, mais je pensais que, les pays d'Europe centrale vivant alors sous la botte soviétique, la solidarité imposait de mettre en lumière leurs artistes quand bien même ceux-ci pourraient constituer un handicap commercial. Cet argument avait sa légitimité mais il ne méritait pas que je monte sur mes grands chevaux et que je croie bon d'afficher ma sensibilité supérieure aux malheurs du monde.

Nous en restâmes là et, le lendemain, le verdict tomba. Cette scène n'aurait pas pu, à elle seule, provoquer la rupture. Mais c'était la goutte d'eau. Depuis quelque temps déjà, notre amour avait perdu sa magique innocence. Nous n'en étions plus à nous émerveiller mutuellement. L'euphorie se dissipait, la légèreté avait du plomb dans l'aile. L'insouciance des commencements cédait la place à la tension et même à l'exaspération. Jalouse de son indépendance, habituée à un certain quant-à-soi, celle que j'aimais me trouvait de plus en plus envahissant et elle avait raison. La sentant devenir insaisissable, je devenais lourd et collant. Elle m'échappait, je m'agrippais. Nous avions gardé chacun notre appartement et j'étais malheureux qu'elle ait la haute main sur nos rendez-vous. Je regardais avec envie mon meilleur ami partir tranquillement faire du jogging au jardin du Luxembourg avec sa compagne, tandis que je rongeais mon frein. Je pouvais bien me répéter ces vers magnifiques d'Auden : « *If equal affection cannot be / Let the more loving one be me* », ils ne me consolaient pas, je ne réussissais pas à me trouver chanceux ou bien loti. Avec sa triste figure et ses reproches plus ou moins silencieux, le *more loving one* que j'étais ou que je croyais être était de moins en moins *lovable*. Et ce qui devait arriver arriva.

J'essayai, au petit déjeuner et dans les heures qui suivirent, de plaider ma cause, notre cause. Je lui expliquai que notre histoire si belle, si intense, si unique ne pouvait se terminer en eau de boudin, que nous méritions mieux, que nous étions faits l'un pour l'autre, que nos petites querelles étaient sans importance. On ne se séparait pas pour des broutilles. L'amour ne pouvait pas mourir sans raison. Et là, il n'y avait pas de raison, il n'y avait que des péripéties. Rien n'y fit. Mes arguments et mes supplications restèrent sans effet. L'après-midi, elle me raccompagna en voiture et me déposa devant chez moi. À peine rentré, je ressortis et me précipitai rue Boulard, où habitait son ami des bons et des mauvais jours. Je pensais qu'elle y avait trouvé refuge. Je ne m'étais pas trompé. Mais il avait des instructions et m'empêcha d'entrer. « Elle dort », me dit-il. Malgré mes protestations, il fit barrage de son corps. Je repartis et j'errai, hagard, dans les rues dominicales. La marche ne m'apportant aucun soulagement, j'entrai dans une cabine téléphonique (la scène se déroule au XXe siècle), je composai le numéro d'un ami romancier, de vingt ans mon aîné, pour lui confier ma situation et l'appeler au secours. Il m'invita à venir le voir. Quelques minutes après, je sonnai à sa porte : sa femme ouvrit et s'éclipsa pour nous laisser seuls. Si cet ami avait été Proust, il m'aurait accueilli en disant avec une assurance qui ne souffrait pas la moindre réplique que la femme réelle ne tient aucune place dans l'affection qu'on a pour elle, que ce qu'on prend pour une relation est, en fait, une projection et « que l'homme est l'être qui ne peut sortir de soi, qui ne connaît les autres qu'en soi et, en disant le contraire, ment ». Il aurait ajouté que je devais saisir cette rupture comme une chance. Les premiers mois seraient difficiles mais, mon amour n'étant rien d'autre que le fruit d'une imagination malade, j'allais bientôt guérir. Et je devais prier pour qu'elle ne revînt pas. Car si tel devait être le cas, je chercherais à rester auprès d'elle non pour couler des jours heureux, mais pour ne pas souffrir à nouveau.

À la différence de l'auteur de la *Recherche*, qui avait pourtant écrit : « une œuvre où il y a des théories est comme un objet sur lequel on laisse le prix », mon ami n'était pas dogmatique en matière amoureuse, mais pragmatique. Il ne voulait pas me voir guérir, il voulait m'aider. Et son conseil fut très clair : ne pas bouger, faire le mort, m'abstenir de toute initiative, ignorer celle qui était partie, afin de lui laisser le temps de ressentir mon absence. Le moment viendrait nécessairement où j'allais lui manquer. Dans le poker menteur de la reconquête, le silence était ma carte maîtresse : à moi de ne pas la gâcher. J'écoutais avidement. Je prenais bonne note. J'opinais avec détermination. Mais j'avais beau dire, j'avais beau promettre et me promettre d'agir dans le bon sens, c'est-à-dire dans le sens de l'inaction, j'étais effondré et cette stratégie de la hauteur me semblait aussi souhaitable que hors d'atteinte. Éloigné malgré moi, je ne me sentais pas la force de renchérir en prenant mes distances. Je remerciai mon ami pour sa disponibilité et sa sollicitude et, perplexe, perdu, le cœur toujours aussi lourd, je rentrai chez moi.

Dans le métro, je croquai des cachets de Lexomil comme un lapin sa carotte. Le lendemain, j'allai déjeuner chez mes parents près du canal Saint-Martin. Pendant la première partie du repas, je réussis à faire bonne figure, à parler de choses et d'autres, mais après le hors-d'œuvre j'éclatai en sanglots et je racontai tout. Mon père, dont le français n'était pas la langue maternelle, eut alors cette formule : « Regarde à droite et à gauche. » Quelques années auparavant, au moment de la sortie du *Juif imaginaire*, et après que je l'ai rassuré sur le titre en lui disant qu'il ne s'agissait nullement pour moi de nier la réalité de mon appartenance, il avait prédit que ce livre allait « faire un boum dans la communauté juive ».

Mais, pour en revenir à mon malheur, je ne me sentais pas plus capable de regarder à droite et à gauche pour saisir les occasions qui pouvaient se présenter que de faire le mort pour me faire désirer. Quittant l'appartement de mes parents, je fonçai vers une galerie qui exposait les toiles du peintre Vidalens. Nous en avions vu quelques-unes à la Coupole, elle et moi, et nous avions été éblouis. À peine arrivé, je choisis la représentation d'un violoncelle et je suppliai le galeriste, qui s'apprêtait à lui accoler une pastille rouge, de me laisser emporter le tableau avec moi. Il était trop cher pour ma bourse. Raison de plus pour l'acheter, pour le prendre sous le bras, et pour le déposer sur le palier de celle que je ne pouvais pas envisager de perdre. Rentrée chez elle, elle me téléphona et me demanda de patienter. Dix jours passèrent et, comme ce n'était pas la fatigue ni la déception qui avaient causé la séparation, nous nous remîmes ensemble. Au lieu de suivre les conseils qui m'avaient été généreusement prodigués, j'avais tout fait à l'envers, j'avais joué cartes sur table. Entre l'amour et l'amour-propre, j'avais choisi l'amour et je ne m'en étais pas caché. Je prenais le risque de perdre la face, je reconnaissais ma défaite et même je la chérissais. À l'encontre du grand enseignement des Lumières, le sentiment qui m'habitait m'apprenait que l'autonomie n'était pas le bien suprême. Sans l'amour, je serais resté enfermé dans la prison de l'égocentrisme, cette préférence fastidieuse de soi par soi. « Il est moral d'aimer, écrit Jankélévitch, quel que soit l'aimé, et même si l'aimé n'est pas aimable, c'est-à-dire ne mérite pas l'affection que nous lui portons : car l'amour, s'il est sincère et passionné, a une valeur catégorique et justifie à lui seul les aberrations les plus singulières de l'amant. Une fois au moins dans sa médiocre vie, l'homme le plus sec, tandis qu'il était amoureux, aura connu la grâce de vivre pour un autre. »

Jankélévitch a raison : l'amour relève de l'emprise et cette emprise est une bénédiction. Aimer, c'est être dépendant, dominé, subjugué, assujetti. Aimer, c'est passer après. Aimer, c'est faire l'expérience inouïe d'une aliénation meilleure que la liberté. Alors que rien ne le laissait prévoir, le pour-soi se renverse miraculeusement en pour-autrui. Sortir de l'emprise pour établir une relation contractuelle, démocratique, rigoureusement égalitaire, comme l'exige la nouvelle *doxa*, c'est sortir de l'amour. Et, en même temps, Jankélévitch a tort : tous les amours ne se valent pas ; aimer l'aimable, cela n'arrive pas tous les jours. Il y a – ô combien – d'amours fous bêtes. Il y a des choix inspirés non par leur objet mais par la vanité, le désir d'impressionner l'entourage, de lui en mettre plein la vue. Il y a des inclinations paresseuses, des passions fantasmatiques, des attachements lamentables que n'excuse pas le désir charnel. « Personne ne saurait exister sans aimer, mais la question est : quoi aimer ? » Saint Augustin voulait, par cette formule, marquer la précellence de l'amour de Dieu sur l'amour humain. Remplaçant *quoi* par *qui*, je l'applique, pour ma part, à la passion, c'est-à-dire à ce que l'évêque d'Hippone appelle dédaigneusement l'amour de convoitise. On oublie, dans les différentes phénoménologies d'Éros, la part pourtant essentielle de l'admiration. En celle dont j'ai la chance d'avoir croisé la route, je n'aime pas la figure de l'Autre qu'elle partage avec tous les autres et qui est au fondement de l'amour du prochain, j'admire très précisément, très objectivement, la franchise du regard, l'expressivité, l'audace, la modestie, la bonté, l'élégance, le sérieux, la futilité, le sérieux dans la futilité, l'art de raconter, l'impossibilité où elle me met de lui marcher sur les pieds et même autour des pieds, la vivacité dans les prétoires, le feu intérieur, le goût éperdu (et parfois frustrant) pour la lecture, l'inépuisable curiosité du monde…

À rebours de l'amour qui rend aveugle, et Proust nonobstant, l'admiration a les yeux grands ouverts. Elle ne rêve pas, elle ne forge pas de chimères. Elle ne bâtit pas de châteaux en Espagne, elle n'invente pas les qualités qui l'enchantent : elle s'incline devant une supériorité irrécusable et irremplaçable. Non seulement la lassitude, ce mal insidieux et sans merci, n'a aucune prise sur elle, mais l'admiration soumet celui qui l'éprouve à une contrainte salutaire : « Il existe, écrit George Eliot, des natures chez lesquelles, si elles nous aiment, nous trouvons le sentiment d'une sorte de baptême et de consécration. Elles nous obligent à la rectitude et à la pureté par leur croyance en nous. Nos péchés deviennent la pire espèce de sacrilège. » Il en va de l'aimée comme des rares grands amis, femmes ou hommes : on veut s'en montrer digne, ne pas les décevoir, être à la hauteur.

Mais il n'y a pas d'amour éthéré. L'amour, à la différence de l'amitié, ne s'émancipe jamais totalement de la matière. Il est indissolublement spirituel et corporel. Aimer, même quand le désir se fait moins pressant, c'est respirer une peau, déposer un baiser sur des lèvres entrouvertes, caresser des formes, s'émerveiller de la grâce d'une épaule. D'où, malgré les serments, la fragilité du sentiment. L'âme doit en rabattre : l'ordre de la chair rend la passion la plus authentique inéluctablement superficielle. La beauté se fane, les visages s'altèrent, les peaux flétrissent et, comme le montre Proust avec une cruauté géniale dans sa description de la matinée des Guermantes, il n'y a pas, face au Temps, d'identité qui tienne.

Notre époque post-romantique semble avoir intégré et programmé cette obsolescence. À croire les sondages, les reportages ou les enquêtes des sociologues de l'intimité, on n'aime plus pour toujours. Et on en prend, d'entrée de jeu, son parti. On est revenu de tout avant d'être allé nulle part. On fait ses premiers pas dans l'existence avec le sourire en coin de celui à qui on ne la fait pas. Le scepticisme n'est plus terminal, mais inaugural : au commencement est le refus de s'en laisser conter. En fils obéissant de son temps, l'ancien champion de tennis et dernier vainqueur français du tournoi de Roland-Garros, Yannick Noah, vient de proposer pour l'amour un contrat à durée déterminée de deux ans : « Après, on avise. »

Mon amour a depuis longtemps dépassé cette date de péremption. Il ne fait pas partie des produits jetables. Une rencontre a miraculeusement soustrait l'essentiel de mon existence à la consommation, c'est-à-dire à l'empire de l'éphémère. Je précise que jamais la loi morale n'a rempli les blancs de l'amour. Jamais je n'ai eu besoin de suppléer par la volonté aux absences ou à l'inconstance du sentiment. Cette volatilité qui est, dit-on, la loi du cœur m'a été épargnée grâce au Ciel ou plutôt grâce à elle. Mais je ne suis à l'abri de rien. Quand sa coiffure ne me plaît pas tout à fait ou que je trouve le chemisier qu'elle a choisi moins seyant que d'autres, je me renfrogne, elle le remarque sans difficulté – mon visage est un livre ouvert – et, très légitimement, elle se fâche. L'amour dont je me targue avec tant d'éloquence voire de complaisance dépend-il de détails aussi insignifiants, aussi dérisoires, aussi minuscules ? Non, bien sûr. Et mon attitude est inexcusable. Mais, d'un autre côté, je ne me résigne pas à voir l'amour s'apaiser dans ce que Montaigne appelle « l'amitié maritale » ou s'élever vers le commerce platonique des âmes.

Et ces détails, c'est peut-être moi qui, un jour, en ferai les frais. Je n'échappe pas au sort commun. J'ai un corps, je *suis* un corps et ce corps n'est pas, il change. « T'as vu ta gueule ? », est-on déjà en droit de répondre à mes bouderies intempestives. Et lorsque je tombe malencontreusement sur des photos anciennes, force m'est de constater que je ne soutiens plus la comparaison avec moi-même. Il semble que je bénéficie encore d'un sursis, mais ne suis-je pas condamné à rejoindre les invités de la matinée des Guermantes ? Mes taches de vieillesse, mes joues de saint-bernard et, séquelle d'une opération des vertèbres, ma difficulté à me tenir droit – tout cela ne finira-t-il pas par me rendre irregardable ?

Je ne saurais exclure aucune éventualité. L'avenir est ouvert. Pour une fois, cependant, le pessimiste en moi ne mène pas la danse. Aussi désabusé que je sois par ailleurs, aussi enclin aux pronostics les plus noirs, je la contemple, je l'écoute, mon cœur est immortel et je ne peux pas croire à l'advenue du pire. Quand la statistique affirme que le temps a raison de la continuité des êtres et dissout ou transforme, jusqu'à le rendre méconnaissable, le lien qu'ils ont tissé, je lui oppose farouchement le démenti de ma vie.

Pourquoi raconter tout cela, au risque du ridicule ? Parce que aucun roman ne m'a fourni, au sujet de l'amour, le moyen de lire en moi-même. Et, n'étant sans doute pas le seul, j'ai voulu combler cette lacune. « Quelle outrecuidance ! Mais pour qui se prend-il ? » penseront peut-être certains lecteurs consternés. Je les rassure. Je ne suis pas, avec l'âge, devenu mégalomane. Je n'ai pas la prétention de damer le pion aux génies de la littérature, ni surtout de me donner en exemple. Je sais où est ma place et, de cette place, je tenais simplement à rappeler que l'amour, dans sa modalité la plus haute, est un chemin de connaissance.

2

« La mort est de Dieu, et elle a dévoré son père. »

ELIAS CANETTI

Tout avait si bien commencé.

Le premier homme, dans le jardin d'Éden, se la coulait douce. Pourvu qu'il ne mangeât point du fruit de l'arbre de la science du Bien et du Mal, lui et sa compagne étaient même promis à l'immortalité. Dans les conditions que l'on sait, Adam choisit de désobéir. Aussitôt la sentence tomba : « Tu es poussière et tu retourneras à la poussière. »

Mais Dieu est bon. Il ne pouvait en rester au verdict fatal de la chute dans le temps. Il ménagea donc une porte de sortie : il envoya le Christ sur terre mourir et tuer la mort. « Le Christ a achevé en lui-même la mort que nous craignions. Il l'a prise, il l'a tuée, comme un chasseur affronte un lion et le terrasse. Où est la mort ? Cherche-la dans le Christ. Elle n'y est déjà plus. Elle était en lui, mais elle est morte. Ô vie, mort de la mort », s'enthousiasme saint Augustin.

Treize cents ans plus tard, Bossuet affiche la même confiance : « Que crains-tu donc âme chrétienne dans les approches de la mort ? Peut-être qu'en voyant tomber ta maison, tu appréhendes d'être sans retraite. Mais écoute le divin Apôtre : Nous *savons*, nous savons, dit-il, nous ne sommes pas induits à le croire par des conjectures douteuses, mais nous le savons très assurément et avec une entière certitude, que si cette maison de terre et de boue, dans laquelle nous habitons, est détruite, nous avons une autre maison qui nous est préparée au ciel. »

La sérénité de l'évêque de Meaux impressionne, mais a-t-elle été, un jour, vraiment partagée ? Existait-il, jadis ou naguère, des chrétiens *inébranlables* ? Quand l'alliance du trône et de l'autel allait de soi, quand la puissance et le faste étaient perçus, sans discussion possible, comme les manifestations terrestres du divin, l'abîme entre la croyance et la certitude était-il pour autant comblé ? Y a-t-il une époque de l'histoire où la foi des hommes était si vive que, tel ce pope évoqué par Tchekhov dans une de ses nouvelles, lorsqu'ils allaient faire leur prière à la campagne en temps de sécheresse pour demander de la pluie, ils emportaient leur parapluie afin de n'être pas mouillés au retour ? On peut raisonnablement en douter. En tout cas, au moment même où Bossuet affirmait, avec un calme olympien, que trépasser, c'est déménager, la marquise de Sévigné écrivait d'une main tremblante : « Je trouve la mort si terrible que je hais plus la vie parce qu'elle m'y mène que par les épines qui se rencontrent. »

À la différence du réconfortant Bossuet, Pascal, l'autre grand penseur chrétien de l'âge classique, prend cet effroi très au sérieux. Il affronte, sans faux-fuyant ni sermon consolateur, le tragique de la condition humaine. Loin d'apaiser le lecteur par les bonnes paroles de la Bonne Nouvelle, il le réveille, il l'épouvante et le contraint à regarder en face ce qui ne se peut regarder fixement : « Le dernier acte est sanglant, quelque belle que soit la comédie en tout le reste. On jette enfin de la terre sur la tête et en voilà pour jamais. » Ce dernier acte assombrit tout ce qui le précède : « Qu'on s'imagine un nombre d'hommes dans les chaînes, et tous condamnés à la mort, dont les uns étant chaque jour égorgés à la vue des autres, ceux qui restent voient leur propre condition dans celle de leurs semblables, et, se regardant les uns et les autres avec douleur et sans espérance, attendent à leur tour. C'est l'image de la condition des hommes. »

Tandis que Bossuet s'emploie à nous délivrer de la peur, Pascal entretient la peur bleue du néant définitif pour nous conduire à miser sur la vie éternelle. La foi, chez lui, procède non de la crédulité, mais de l'angoisse. Nous « savons », proclame Bossuet. Pascal n'a pas cette assurance. Il ne sait rien de l'au-delà, il espère : « Si l'on ne devait faire que pour le certain, on ne ferait rien pour la religion, car elle n'est pas certaine. » Et faire pour la religion, ce n'est pas atténuer la terreur de l'inéluctable, c'est l'attiser, l'exaspérer et traquer, sous le nom de divertissement, les activités futiles ou sérieuses qui nous en détournent. Il faut penser sans cesse à la mort pour se dire qu'elle ne peut pas avoir le dernier mot.

Bossuet et Pascal cependant partagent la même métaphysique : ils ont recours à la mort pour disqualifier la vie sur terre. En 1428, Johannes von Tepl, maître d'école de la petite ville autrichienne de Saaz, leur répondait à l'avance dans *Le Laboureur de Bohême*, un dialogue composé au lendemain de la mort en couches de sa femme Margaret : « Ruine acharnée de toutes gens, abominable proscripteur de tous les êtres, épouvantable assassin de tous les hommes, ô Mort, soyez honnie ! Qu'angoisse, affliction, misère ne vous lâchent où que vous alliez ; que souffrance, peine et désolation vous fassent en tous lieux cortège ; qu'adversité funeste, infamant mépris et honteuse réprobation vous accablent sans faiblesse en toute place ! Sombrez dans l'iniquité, disparaissez dans le dénuement, demeurez pour la fin des temps dans le plus inflexible bannissement de Dieu, de l'humanité entière ! » Ainsi s'exprime l'homme endeuillé. La Mort est stupéfaite. On ne lui a jamais parlé sur ce ton. Habituée aux pleurs et aux gémissements, elle ne s'attendait pas à un tel réquisitoire. Elle demande donc à l'insolent de quoi précisément il l'accuse. Réponse du laboureur : « Vous avez arraché de mon alphabet la première lettre, le trésor de mes joies. Vous avez misérablement fauché la resplendissante fleur d'été de la prairie de mon cœur. Vous m'avez irréparablement dépouillé. C'est pourquoi je crie sans fin : honnie soyez-vous, ô Mort. »

La Mort ne se laisse ni attendrir par ce chagrin, ni intimider par ces anathèmes. Patiemment, elle essaie de raisonner l'inconsolable : « Dès qu'un homme naît, il est assez vieux pour mourir. La terre et tout ce qu'elle contient reposent sur l'éphémère. Tout n'est que vanité des vanités et ruines de l'âme. » Bossuet, dans son oraison funèbre d'Henriette d'Angleterre, développe une argumentation similaire : « Qu'importe que sa vie ait été si courte : jamais ce qui doit finir ne peut être long. » Mais le laboureur ne l'entend pas de cette oreille. Il ne formule pas seulement des paroles d'étonnement de ce que cette mortelle est morte, il ne se contente pas non plus de verser des larmes. Il laisse éclater sa colère et celle-ci est inépuisable. La Mort, de guerre lasse, demande l'arbitrage du Tout-Puissant, et celui-ci conclut en ces termes : « Vous avez tous deux bien débattu : l'un que sa souffrance contraint à se plaindre, l'autre que les attaques du plaignant forcent à dire la vérité. En vertu de quoi, honneur au plaignant et victoire à la mort. » Ce jugement divin doit être regardé de près. Comme l'a montré Ernst Cassirer, la victoire de la Mort est, en même temps, sa défaite. Sa force physique est renforcée, mais sa force spirituelle est brisée. « L'anéantissement de cette vie, le fait que Dieu l'abandonne à la mort n'est plus le néant de cette vie. »

Le laboureur de Bohême est notre grand ancêtre, nous sommes les descendants de sa rébellion. Honneur au plaignant, cela veut dire que la terre n'est plus destinée à être une vallée de larmes et que la vie, la vraie vie est ici. Le souci d'approprier la création à l'humanité découle de cette mise en cause radicale de la métaphysique traditionnelle. Avec la criminalisation de la mort par un laboureur fou de douleur, la philosophie se prépare à changer de définition. Par un reste de stoïcisme, on dit encore de quelqu'un qu'il est philosophe pour signifier qu'il est détaché des contingences, qu'il sait prendre son mal en patience, qu'il ne tempête pas contre les tempêtes et autres coups du sort. En ce sens, la philosophie moderne est une antiphilosophie. Elle ne contemple plus, elle soulage. Elle ne vise plus la sagesse, mais l'efficacité. « La conservation de la santé est le premier bien et le fondement de tous les autres en cette vie et elle a été de tout temps le premier but de mes études », écrit Descartes.

À l'heure des ravages de Prométhée et de l'inversion en menace de la promesse moderne, on a tendance à oublier la part prise par l'inconsolable chagrin dans la volonté de se rendre comme maître et possesseur de la nature. Pour le dire en termes pascaliens et contre Pascal, l'ordre de la charité n'est pas moins impliqué que l'ordre de la chair dans le déclenchement de la modernité. Le plus beau mot de la langue anglaise n'est pas « *I love you* », mais « *It's benign* », dit un personnage de Woody Allen. Sans doute, mais il faut ajouter que cet « *It's benign* » a été rendu possible par un « *I love you* » indomptable et inextinguible. Dans le sillage du refus amoureux d'entendre raison, la longévité a supplanté l'éternité et la santé du corps s'est imposée au détriment du salut de l'âme.

Mais la mort n'a pas dit son dernier mot. Ou plutôt si, elle a dit son dernier mot et remplit maintenant son office dans un silence post-religieux. Ayant échoué à disqualifier notre séjour terrestre, elle se venge en ruinant la foi dans le monde à venir. Elle a perdu son pouvoir sur les âmes, mais elle n'a plus de suzerain. Au-delà d'elle, il n'y a rien. Elle a fait le vide, le Seigneur de l'univers s'est perdu dans l'espace intersidéral. Nous croyons de moins en moins en Dieu, car nous sommes toujours plus nombreux à *croire en la mort*. Et encore, *croire* est un mot faible. L'absence du Très-Haut ne souffre aucune discussion. Ce n'est pas une hypothèse à prendre en considération, ce n'est pas un peut-être, ce n'est pas une éventualité, c'est un constat. Et devant cet athéisme catégorique, Pascal est désarmé. Son pari ne tient plus la route. Qui, face à la réalité, tablerait sur une divagation ? Qui s'agenouillerait devant ce qui n'est pas ? Qui se laisserait convaincre par un mirage aussi grandiose soit-il ? « Pour le christianisme, la foi est une décision de la volonté en faveur d'une vérité qui n'est pas évidente », écrit Rémi Brague. Pour l'incroyant, en revanche, l'inexistence de Dieu a la force de l'indubitable. « Je ne meurs pas, j'entre dans la Vie », a dit Thérèse de Lisieux. Cette confiance est devenue rare et même exceptionnelle. Pour la très grande majorité d'entre nous, mourir c'est mourir, point final. On ne sort pas de la tautologie : la Vie s'efface, reste la vie tout court.

Des endeuillés continuent à faire part du « rappel à Dieu » de leur conjointe, conjoint, mère, père ou enfant. Mais cette formule relève-t-elle encore d'une piété profonde ou d'un rituel devenu automatique ? Est-ce le cœur qui parle ou la coutume ? La foi vibrante dans l'au-delà ou la fidélité machinale à une tradition séculaire ? La finitude est sans appel et, même si la science a remplacé la religion comme instance de vérité, l'homme ne peut se prévaloir d'avoir tué Dieu et d'être son successeur. La mort est la grande meurtrière, la mort a dévoré son père et ne le régurgitera jamais. Si le christianisme continue à fasciner, ce n'est pas pour avoir proposé une alternative crédible à l'anéantissement, c'est, avec la descente de croix, la mise au tombeau et la douleur de la Pietà, pour avoir mis la mort au cœur de son message. Le christianisme n'est presque plus la religion de la participation à la vie divine, c'est, par la grâce des peintres et jusqu'à la fin des temps, la vision d'un Dieu qui ne s'est pas excepté de la mort.

Nul triomphalisme dans notre mécréance, mais une indicible mélancolie. Nulle euphorie, nulle emphase, nul orgueil d'occuper la place laissée vacante, mais une déréliction sans remède. Ni Dieu, ni maître, *ni après* : libérés du joug céleste, nous sommes aussi privés de consolation et d'attente. Les religions séculières s'emploient à rapatrier la Promesse sur la Terre et dans le temps. Peine perdue : l'avenir, même paré des plus belles couleurs, ne saurait tenir lieu de Royaume, pour la bonne et simple raison que nous n'y serons pas.

Le laboureur de Bohême cependant ne s'avoue pas vaincu. Sa colère s'est même muée en déclaration de guerre. Il a quitté les champs pour les laboratoires et, par la convergence des nanotechnologies, des biotechnologies, des technologies de l'information et des sciences cognitives, il s'applique avec succès à retarder l'échéance. À la limite humaine, trop humaine de l'existence, il réplique par l'enjambée transhumaniste. Ce n'est pas l'immortalité, nous ne retournerons pas au paradis, mais cinq ans, dix ans, cinquante ans, cent ans peut-être, c'est toujours bon à prendre. Et l'on se réjouirait sans réserve de cette augmentation continue de l'espérance de vie, s'il s'agissait exclusivement d'une espérance. Or, tout se répare aujourd'hui dans cet *appareil* qu'est devenu notre corps, sauf le cerveau. Les immenses progrès dans la connaissance de cet organe n'ont pratiquement aucune retombée clinique. L'encéphale ne se greffe pas encore. Résultat : plus notre vie s'allonge grâce aux avancées de la médecine, plus nous avons de chances d'être frappés par l'une de ces démences qu'on coiffe du nom générique de maladie d'Alzheimer. Ainsi, le souhait de vivre vieux et même très vieux s'accompagne de la crainte de mourir *trop tard.* Cette angoisse est si présente qu'elle en vient à concurrencer et même à supplanter l'angoisse de la mort. Au palmarès du cauchemar, le lent glissement somatique et intellectuel de la *fin de vie* fait plus peur que la *fin de la vie.* Dès la cinquantaine, on en guette les premiers symptômes. On se crispe, on s'affole, on se décompose quand un nom propre manque à l'appel, fût-ce celui d'une star de cinéma ou de la chanson dont on n'a strictement rien à faire. Je me souviens d'avoir joué à cache-cache jusqu'à l'épuisement avec Christopher Walken ou Bradley Cooper. Hollywood oblige, Kate Winslet, Kevin Kline et Kim Basinger m'ont aussi donné du fil à retordre. C'était, chaque fois, une question de vie ou d'Alzheimer. Et je sais que le syndrome du bout de la langue me poursuivra jusqu'à la complète disparition de la conscience.

Quelque six cents ans après le laboureur de Bohême, le philosophe français Michel Malherbe a publié *Alzheimer. La vie, la mort, la reconnaissance.* « La maladie d'Alzheimer, écrit-il, est dans notre société contemporaine une des manifestations du mal. Elle est plus qu'une maladie, elle est le mal ayant installé dans le vivant ses quartiers. La mort aussi sait prendre son temps. Le vivant est en bonne santé, le cœur va bien, mais, en même temps, le vivant se défait, inexorablement, il est touché jusqu'à son intégrité d'individu et sa dignité de personne responsable. » Le vivant que Michel Malherbe voit se défaire, c'est son épouse Annie. Aboulie progressive, aphasie, interminable plongée dans l'hébétude, regard vide, persévérance sans objet, ce n'est pas une tragédie pour le philosophe voué à perdre sa femme avant de la perdre, c'est un scandale. « Comment donner sens à une histoire où il n'y a plus d'événements, il n'y a plus de personnage ? » On lui demande sans cesse : « Est-ce qu'elle vous reconnaît ? », il répond invariablement : « Je lui suis certainement familier, mais je doute qu'elle sache encore le lien qui nous unit. » Mais lui, il sait et il ajoute : « La vraie question est autre, elle est : est-ce que moi je la reconnais ? » Le laboureur de Bohême refusait de faire le deuil de sa femme emportée dans la fleur de l'âge. Michel Malherbe doit faire le deuil de la sienne du vivant de celle-ci. Car elle n'est plus là même quand elle est là. L'être-là ne définit plus son être. Où est-elle ? Est-elle seulement quelque part ?

Mais cette maladie a un commencement. La personne rencontre des difficultés dans la vie quotidienne, elle a du mal à se concentrer, elle ne retrouve plus ses clefs. Elle se répète. Elle se perd sur un chemin pourtant familier. Elle oublie des choses. Elle vaque à ses occupations et soudain ne sait plus ce qu'elle est en train de faire. Elle répond, tant qu'elle le peut, par le déni à l'inquiétude croissante de ses proches. Puis, de guerre lasse, elle accepte de consulter. Et après des tests neuropsychologiques, une imagerie cérébrale et des examens biologiques, le diagnostic tombe. La personne est alors assez lucide pour comprendre ce qui lui arrive et ce que l'avenir lui prépare. Elle sait que, en dépit des activités de remédiation cognitive qu'on lui propose et des pilules qu'on lui prescrit, aucun espoir n'est permis. D'où cette lettre envoyée à son médecin par une patiente au bout du rouleau et au début du voyage : « Je vis sans passé, sans avenir. J'ai la maladie d'Alzheimer. Je perds peu à peu la parole. Je meurs un peu chaque jour. Je n'appartiens pas à un Dieu, je suis libre. Je pense au suicide assisté. J'ai fait ma demande parce que je suis fatiguée. Tout le monde peut attraper Alzheimer, riche ou pauvre. »

Le 5 avril 2021, Michel Houellebecq publiait dans le journal *Le Figaro* une tribune retentissante contre l'euthanasie. Notre grand écrivain national s'en prenait d'abord, avec une drôlerie féroce et percutante, à l'idée de mourir dans la dignité : « Je n'ai guère eu l'impression, tout au long de ma vie, de manifester une dignité exceptionnelle ; et je n'ai pas l'impression que ce soit appelé à s'améliorer. Je vais finir de perdre mes cheveux et mes dents, mes poumons vont commencer à partir en lambeaux. Je vais devenir plus ou moins impotent, plus ou moins impuissant, peut-être incontinent, peut-être aveugle. Au bout d'un certain temps, un certain stade de dégradation physique une fois atteint, je finirai forcément par me dire (encore heureux si on ne me le fait pas remarquer) que je n'ai plus aucune dignité. Bon, et alors ? » Avec ce « et alors ? », Houellebecq balaie tous les arguments en faveur de l'euthanasie ou du suicide assisté, et il conclut son article par cette déclaration solennelle : « Lorsqu'un pays – une société, une civilisation – en vient à légaliser l'euthanasie, il perd à mes yeux tout droit au respect. Il devient dès lors non seulement légitime, mais souhaitable, de le détruire ; afin qu'autre chose – un autre pays, une autre société, une autre civilisation – ait une chance d'advenir. » Dans le grand roman de Houellebecq *Anéantir*, paru moins d'un an après cette philippique, un personnage, le père du narrateur, né en 1962, fait un infarctus cérébral. Il passe quelques jours dans le coma et il en sort paralysé, muet et incapable de maîtriser ses fonctions corporelles. On lui trouve une place dans un Ehpad. Mais la famille ne veut pas en rester là. Inquiète à l'idée qu'Édouard (c'est son nom) pourrait ne plus répondre aux critères modernes de la dignité, elle le fait enlever par des militants du CLASH (Comité de Lutte contre l'Assassinat en Hôpital). « La vraie raison de l'euthanasie, explique l'un d'entre eux, c'est que nous ne supportons plus les vieux, nous ne voulons même pas savoir qu'ils existent, c'est pour ça que nous les parquons dans des endroits spécialisés, hors de la vue des autres humains. La quasi-totalité des gens aujourd'hui considèrent que la valeur d'un être humain décroît au fur et à mesure que son âge augmente. [...] En accordant plus de valeur à la vie d'un enfant – alors que nous ne savons nullement ce qu'il va devenir, s'il sera intelligent ou stupide, un génie, un criminel ou un saint – nous dénions toute valeur à nos actions réelles [...] c'est très exactement ce que l'on appelle le nihilisme. Dévaluer le passé, le présent au profit du devenir, dévaluer le réel pour lui préférer une virtualité située dans un futur vague, ce sont des symptômes du nihilisme européen bien plus décisifs que tous ceux que Nietzsche a pu relever. » Voilà qui est bien envoyé, et quand on lit sous la plume du célèbre philosophe Peter Singer qu'au stade avancé de la démence les malades ne sont plus à proprement parler des personnes et qu'il paraît légitime de les euthanasier, quand on apprend dans le *Journal of Bioethics* que des personnes sur le point de perdre leur identité morale ont le devoir de se supprimer afin d'éviter à leurs proches un lourd fardeau émotionnel et financier, on est fondé à se demander si les médecins ne seront pas, un jour ou l'autre, autorisés et même incités par une société soucieuse de ne pas creuser les déficits à provoquer la mort des nonagénaires déments toujours plus nombreux et toujours plus coûteux. Houellebecq a donc mille fois raison de donner l'alerte et de ne pas vouloir abandonner la civilisation à la logique de l'utilité. Mais, en même temps, il se facilite la tâche. Rentré chez lui, Édouard est vivant au sens où Annie, l'épouse de Michel Malherbe, ne peut plus l'être. Bien qu'il ait perdu l'usage de la parole, il reste présentable aux autres et à lui-même, car il a conservé l'essentiel de ses facultés, il communique – les mouvements de ses doigts constituent presque un langage –, il contemple les paysages, il lit même avec sa compagne, ce qui lui offre une image de ce monde humain qu'il a largement quitté.

« On ne veut pas mourir. Chaque homme est proprement une suite d'idées qu'on ne veut pas interrompre », écrit magnifiquement Montesquieu. Mais que se passe-t-il le jour où l'on vous dit que cette suite va bientôt s'interrompre et que vous lui survivrez ? De cette survie, de cette prostration, de cet « immense chagrin de se savoir en état de destruction mentale », comme écrit Rezvani à propos de sa femme aimée, Houellebecq ne parle pas. C'est une souffrance sans nom qu'il ne peut regarder fixement.

Cette souffrance ne relève pas des soins palliatifs. Il n'y a aucun antidouleur pour la lente disparition de soi.

À la personne qui ne veut pas de l'hébétude annoncée et qui implore qu'on l'en dispense, il faut avoir un cœur de pierre pour répondre par une fin de non-recevoir en invoquant le serment d'Hippocrate ou en se drapant dans la majesté du « Tu ne tueras point ». Ce n'est pas une question de dignité, de liberté, de droit individuel, c'est, entre le néant et le rien de la vie sans conscience, le choix du néant. Ce choix, même le projet de loi sur l'aide active à mourir lui refuse son agrément. Mais, en restant sourd à l'appel de ceux qui se voient disparaître, on ne défend pas la civilisation, on remplace l'amour du prochain par le concept d'amour du prochain. La cruauté ainsi revêt le masque de la miséricorde : il n'y a pas pire subterfuge.

Soyons juste : l'idéologie n'est pas, chaque fois, à la manœuvre. Il ne s'agit pas toujours de fuir les situations concrètes dans la réaffirmation des grands principes. La raison de ne pas donner suite peut être affective et même viscérale. Albert Lambert, l'un des personnages du grand roman de Jonathan Franzen *Les Corrections*, finit sa vie incontinent et dément. Dans ses rares moments de lucidité, il veut mourir. « Tu dois m'aider à y mettre fin », demande-t-il à l'un de ses fils. « Je ne peux pas y mettre fin », lui répond celui-ci. Cette réponse est bouleversante, et peut-être sera-t-elle celle que me feront mes proches quand je les supplierai de trouver un médecin qui ne m'abandonne pas à mon sort. Mais est-ce vraiment par l'indifférence à la supplique d'Albert Lambert que la civilisation se distingue de la barbarie ?

Pour ma part, j'emprunte à Paul Ricœur la seule prière me concernant que je formule parfois dans le silence de la nuit : « Être vivant jusqu'à ma mort. » Mais à qui l'adresser ? La mort ayant fait le ménage, elle n'a plus de destinataire.

3

« Avant le cogito, il y a bonjour. »

EMMANUEL LEVINAS

La civilité ne figurait plus depuis belle lurette sur notre agenda philosophique, politique ou pédagogique. Elle relevait au mieux de l'histoire des idées, mais elle était sortie de notre actualité, sinon sous la forme ironique d'un *Traité de savoir-vivre à l'usage des jeunes générations* où il s'agissait, en guise d'étiquette, de délivrer l'être des obligations du paraître et le désir ou même l'appétit du carcan des manières. Plus question de nous laisser corseter par les normes répressives de la société bourgeoise. Vivre sans temps morts, jouir sans entraves et foin des artifices inventés pour rendre la vie impossible !

Avec Mai 68, nous n'avons pas changé *le* monde, nous avons changé *de* monde. Nous n'avons pas abattu la forteresse du Grand Capital, nous avons décravaté les existences, répudié tout ce qui est empesé, collet monté, distingué, policé. Nous avons jeté les protocoles dans les poubelles de l'histoire, nous nous sommes défaits des vieilles coutumes, nous avons décidé d'en finir avec l'aliénation déjà dénoncée par Rousseau dans son *Discours sur les sciences et les arts* : « Sans cesse la politesse exige, la bienséance ordonne : sans cesse on suit des usages, jamais son propre génie. On n'ose plus paraître ce qu'on est. » Eh bien, nous avons osé et nous nous sommes fait la promesse d'*être nous-mêmes* quelles que soient les circonstances. Nous-mêmes et non un personnage d'emprunt pour faire bonne figure. Toute convention nous apparaissait comme une contrainte et de toute contrainte nous avons pris la résolution de nous affranchir. Un fossé se creusait entre nous et les générations antérieures. Elles prononçaient mécaniquement des formules rituelles, elles s'enkystaient dans l'obéissance servile aux codes sociaux et nous avons dit : « Stop ! » Avides de respirer à l'aise, nous avons remplacé la civilité par l'authenticité, la bienséance par le cool.

Le romancier Laurent Gaudé a récemment traduit cette allégresse délicieusement transgressive en vers (forcément) libres :

Merde aux vieilles règles et aux bonnes manières !
Merde au père de famille qui lit son journal au dîner,
Aux injonctions,
À toutes les injonctions :
« Tiens-toi droite »,
« Une jeune fille de bonne famille ne dit pas ce genre de choses » !

Merde à l'ordre établi, imposé !
Merde à la route toute tracée : épouse, mère de famille et femme trompée !
Merde à l'ennui d'une vie dans l'ombre !
Merde à l'obéissance et aux soutiens-gorge !
Injonction d'être sage, d'être polie et aimante.
Merde à l'étouffement bourgeois de tant de vies !

Telle était donc notre réponse bien sentie au respect des usages. Mais voici que, des injures aux crachats, de l'empiétement sur le domaine d'autrui par des manières d'être et d'agir toujours plus péremptoires aux attaques contre les policiers, les pompiers, les maires, et tous les dépositaires de l'autorité publique, des regards méchants à la violence physique, des élèves agressant des professeurs jugés trop sévères aux menaces de mort visant des médecins coupables d'avoir refusé de renouveler un arrêt maladie, des tags aux pillages, des piétons imbus de leur innocuité écologique aux automobilistes mal embouchés et des « cités sensibles » aux quartiers bobo, les incivilités pleuvent. « Va te faire foutre, connard ! Je vais te casser la gueule et je te rentre dans ta voiture avec mon vélo ! » hurle le cycliste qui vient de griller un feu rouge. Et il y a la muflerie devenue courante de ceux qui fendent la foule les yeux rivés sur leur téléphone portable ou qui conversent à voix très haute avec une présence invisible comme si vous qui êtes réellement présent n'existiez pas. « Mais putain, la moindre des choses c'est de venir au rendez-vous, Jonathan ! Si t'es pas capable de comprendre ça, ta gueule, ta gueule, ta gueule, ça tu nous l'as déjà dit donc ta gueule, je vais pas t'entendre, tu m'écoutes parce que la dernière fois, la dernière fois t'avais dit, non mais t'avais dit que tu étais prêt, j'y crois pas, arrête ! »

Au coin de la rue l'aventure, écrivais-je jadis avec Pascal Bruckner. Sous le règne des technologies de la communication, la *cancel conduite* vous efface sans ménagement à tous les coins de rue. Là où on espérait voir la disponibilité succéder à l'affairement, le solipsisme est devenu la norme. Là où on attendait le cool, la brutalité prend les commandes. *Sous les pavés, la plage*, rêvait-on en 1968. *Sur les pavés, la rage ou la radiation d'autrui*, est-on amené à constater tristement quelques décennies plus tard. La politesse n'exige plus rien, nulle part la bienséance n'ordonne, sans cesse on suit son propre génie ; et, loin d'être génial, le résultat est à faire peur.

« Je n'avais jamais songé qu'il existât véritablement une Europe, écrivait Valéry dans *Regards sur le monde actuel*. Nous ne pensons que par hasard aux circonstances permanentes de notre vie ; nous ne les percevons qu'au moment qu'elles s'altèrent tout à coup. » De même, nous avions d'autres chats à fouetter que la civilité, « cette manière honnête, douce et polie d'agir, de converser ensemble », selon la définition de

Furetière, d'autres soucis en tête, d'autres promesses à tenir, et nous honorions spontanément d'autres valeurs, comme la spontanéité justement. Nous ne nous apercevons de son existence et de son importance qu'au moment où elle cède le terrain à son odieux antonyme. Elle nous apparaît précieuse maintenant qu'elle se révèle précaire et qu'elle agonise sous nos yeux. L'heure des crépuscules étant aussi celle des bilans, ceux d'entre nous que leur téléphone n'a pas transformés en rhinocéros se reprochent amèrement d'avoir célébré la disparition de la prévenance.

Mais, en même temps, il faudrait avoir oublié tous les livres pour ne pas voir ce qu'il y a d'hypocrisie dans la pantomime de la civilité. Les romanciers et, avant eux, les moralistes du Grand Siècle nous ont appris à traverser les apparences. Ainsi Saint-Évremond : « La civilité est un certain jargon que les hommes ont établi pour cacher les mauvais sentiments qu'ils ont les uns pour les autres. » Ou encore Fléchier : « La civilité n'est pas autre chose qu'un commerce continuel de mensonges ingénieux pour se tromper mutuellement. » La leçon n'a pas été perdue : trop naïfs naguère dans notre pari sur l'innocence de l'être, nous ne le sommes pas assez aujourd'hui pour nous fier aveuglément aux vertus du paraître. Nous avons donc la nostalgie d'une forme dont les pratiquants les plus assidus étaient aussi les critiques les plus acerbes. Nous avons l'œil assez aiguisé pour déceler les ruses et les faux-semblants du savoir-vivre qui nous manque. N'étant pas nés de la dernière pluie, nous savons que la politesse laisse à l'intérieur le champ libre à la malveillance et à la malfaisance. Nous portons le deuil d'une stylisation de l'existence à laquelle il nous est impossible de croire. Notre perspicacité, en un mot, nous interdit d'ajouter foi aux cérémonies dont nous déplorons l'éclipse progressive.

Mais est-ce vraiment de la perspicacité ? Un philosophe rompu à la pensée du soupçon et que le XXe siècle a purgé de toute illusion sur la nature humaine ou, plus précisément, sur l'homme en tant que nature, Emmanuel Levinas, ose prétendre le contraire. La civilité, affirme-t-il doucement et obstinément, ne se réduit pas à l'art de feindre et elle en sait plus long sur nous que le soupçon n'en sait sur elle. *Totalité et infini*, le premier grand livre de Levinas, s'ouvre par ces mots : « On conviendra aisément qu'il importe au plus haut point de savoir si l'on n'est pas dupe de la morale. » Ce refus de s'en laisser conter, cette allergie aux discours édifiants et lénifiants, sont *modernes*. La civilisation moderne, en effet, procède du traumatisme des guerres civiles religieuses. Ces guerres qui ont dévasté l'Europe du XVIe et du XVIIe siècle ont été si meurtrières que les élites intellectuelles en sont venues à désespérer de l'homme et de ses vertus. Au lieu de se poser, comme les Anciens, la question du meilleur régime, au lieu de partir en quête du Souverain Bien, la philosophie politique s'est concentrée sur la recherche de la moins mauvaise société possible : celle qui éviterait aux hommes l'enfer de la guerre civile. Ravagée par la conjonction sanguinaire de l'amour immodéré de la gloire et de l'amour fanatique de Dieu, l'Europe a dit, pour la première fois de son histoire : Plus jamais ça. Et elle a tablé pour se reconstruire sur l'amour de soi, c'est-à-dire l'aspiration humaine la plus terre à terre : l'instinct de conservation. Comme l'a montré Hobbes, la peur de la mort violente unit les hommes que tout oppose. Ce n'est pas la paix des braves, c'est la paix – plus solide, pensait-on – des bourgeois.

Levinas est le témoin et le rescapé du deuxième grand traumatisme de l'histoire européenne. Il ne peut que dire à son tour : Plus jamais ça ! Il a vu à l'œuvre un mal plus épouvantable encore que les guerres civiles. Il a donc toutes les raisons de n'être dupe de rien. Et pourtant il propose une philosophie du *désintéressement*. Il va même plus loin. Il se place sur le terrain occupé depuis l'aube des Temps modernes par l'amour de soi, celui du réalisme. Le désintéressement qu'il met au jour n'est pas une vertu, c'est un événement. Ce n'est pas un devoir-être, c'est un retournement imprévu de l'être. Jamais Levinas ne prêche, jamais il ne prescrit : son registre est narratif et descriptif. Il en appelle à l'expérience de chacun. Il raconte une histoire à fleur de peau. Il élucide et commente, en guise de morale, une intrigue, une aventure involontaire, une sortie du droit chemin. L'individu vaquait à ses affaires, suivait sa pente ou la voie que lui traçait son intérêt, son ambition, ses convoitises, le voici dérouté, déconcerté, désintéressé : « Malgré moi pour un autre », écrit Levinas.

C'est la rencontre du visage qui opère cette révolution. Le visage n'est pas un objet du monde ou, du moins, quand il le devient, il n'est déjà plus visage. Le portrait du visage, son déchiffrement, sa lecture esthétique, psychologique ou sociologique sont des actes d'intelligence voire de célébration, mais ce sont aussi des oublis du visage comme visage. « La façon dont l'Autre se présente à moi ne consiste pas à figurer comme thème dans mon regard. Le visage détruit à tout moment l'image plastique qu'il me laisse. » La physionomie est pleine, le visage est nu. Nudité de l'abstraction – il s'absout de sa forme, il transcende sa propre manifestation. Nudité aussi au sens de dénuement. Le visage ne se laisse pas habiller par la représentation, il se dépouille de ses attributs empiriques et se présente dans sa pauvreté essentielle. Il est hors de portée et il est à bout portant. Il est l'insaisissable et il est le sans-défense. Sa hauteur me surplombe et sa vulnérabilité me requiert. Sous l'effet de ce que Levinas appelle « l'épiphanie du visage », ma spontanéité est subjuguée, mon dynamisme naturel se déprend de son évidence. Irréductible à tout dévoilement, il y a la révélation du face-à-face : l'autorité désarmée du visage m'interdit de me répandre dans le monde comme une « force qui va ». Fin de l'innocence, ou plutôt découverte de ce qu'il y a de nocence dans ce vert paradis (*nocere* : nuire, endommager, faire du tort). Le bloc compact que j'étais se fissure. Mon identité éclate. Il y avait moi, il y a maintenant une béance entre moi comme nature et moi comme sujet. J'étais tout d'une pièce, d'un seul tenant : j'ai désormais conscience d'être. Séparé, disjoint, décollé de mon être, je le regarde et je m'interroge. Je ne suis plus seulement, je pense. Tiré de mon somnambulisme, je m'éveille et, tout ensemble, je m'excuse. Ma présence ne va plus de soi. Naissance conjointe de la réflexivité et de la civilité. « Je me demande, dit Levinas, s'il y eut jamais discours au monde qui ne fût pas apologétique, si le logos comme tel n'est pas apologie, si la première conscience de notre existence est une existence de droit, si elle n'est pas conscience de responsabilités, si d'emblée nous ne sommes pas accusés au lieu d'entrer confortablement et sans demander pardon dans le monde comme chez soi. » Demander pardon : qu'est-ce à dire sinon qu'avant d'être un manège la civilité est l'expression d'un scrupule. Ces artifices ne sont pas un masque, mais la trace d'un empourprement. La civilité entre dans le monde, avec le discours, par la porte de la honte. Oui, la honte. « La présence d'autrui, écrit Levinas, ne met-elle pas en question la légitimité naïve de la liberté ? La liberté ne s'apparaît-elle pas à elle-même comme une honte pour soi ? Et réduite à soi comme usurpation ? »

Ce n'est pas, nous dit Levinas, la peur de l'Autre qui arrête l'élan de la liberté et civilise l'individu, c'est la honte devant lui. Et nul ne choisit d'avoir honte. La honte frappe comme la foudre. Elle est le dégrisement fatal et salutaire que le visage inflige au moi innocent de sa nocence. Dégrisement est le maître mot de tous ceux qui ne veulent pas être dupes. Et voici que Levinas, avec une tranquille audace, le dérobe et même l'oppose à l'herméneutique du soupçon. Celle-ci nous dégrise de nos illusions en nous révélant, derrière le paravent des vertus et des grands sentiments, la stratégie infatigable de l'amour de soi. Levinas montre un être dégrisé de l'amour de soi, délogé de l'égoïsme par la transcendance d'autrui et par le pouvoir de son impuissance. Et cette intrigue n'est pas un conte pour enfants. Nulle candeur, chez Levinas, nul angélisme. Il n'oublie pas le mal, il ne pense même qu'à lui. Il voit dans l'épisode hitlérien un cataclysme non pas historique mais ontologique : le rejet par l'être de tout ce qui peut l'entraver, l'anéantissement de la conscience (« cette invention juive ») par l'instinct, le déchaînement de la force vitale. Et c'est justement ce spectacle – une humanité délivrée du fardeau de la honte – qui lui révèle la signification éthique du rapport humain. Le visage ou comment s'en débarrasser. Le prochain, l'indésirable même.

À Levinas aussi, nous devons de pouvoir mettre des mots sur les moments de grâce qui ont transpercé les sombres temps. Le périple d'Oskar Schindler, par exemple. Arrivé en Pologne dans les fourgons de la Wehrmacht pour tirer le plus de profit possible d'une main-d'œuvre d'esclaves, cet industriel allemand est, en dépit de lui-même, détourné de sa marche froidement rationnelle par la détresse même qu'il rencontre. Il a débarqué en territoire conquis avec une seule ambition : s'enrichir. Mais l'effraction des visages a subverti sa visée, bouleversé son programme. Lui, l'entrepreneur cupide qui voulait cyniquement tirer son épingle de l'apocalypse, il fait tout à l'envers. Il travaille au péril de sa vie à sauver celles des ouvriers qui devaient, pour une bouchée de pain, travailler à l'enrichir. Il exerçait sur eux un pouvoir sans partage, mais voici que, coup de théâtre invraisemblable, ils le commandent silencieusement, ils l'assignent, ils lui ordonnent du haut de leur misère de ne pas les abandonner à la mort. Le maître absolu devient l'otage de ses sujets. L'affairiste sans états d'âme est sens dessus dessous : il se découvre responsable de ceux-là mêmes qu'il avait licence d'exploiter jusqu'au bout de leurs forces. Ce retournement du prédateur en bienfaiteur est, à tous égards, exceptionnel. Régnaient alors la lâcheté et la férocité, la peur de se distinguer et l'ivresse du « tout est permis », le conformisme social et la libération des pulsions meurtrières. Mais la règle ici confirme l'exception, c'est-à-dire la persistance de l'humain dans un monde voué à le faire disparaître. L'émotion qui saisit Schindler est indéracinable et irrécusable. Et les protocoles les plus minuscules, les rites les plus anodins de la décence ordinaire en portent encore la trace. S'il n'y avait, dit en substance Levinas, cette révélation de l'Inégal qu'est la rencontre du visage, nous ne dirions même pas au moment de passer un seuil : « Après vous, Monsieur ». « C'est un "Après vous, Monsieur" originel que j'ai essayé de décrire. Après vous, Monsieur : priorité d'autrui, lui toujours avant moi, humanité comme animalité déraisonnable ou rationalité selon une nouvelle raison. »

La même idée de la courtoisie comme philosophie première conduit Levinas à réévaluer l'immémoriale entrée en matière des échanges humains et, débouchant nos oreilles trop habituées, à en restituer la modeste magnificence : « Le premier mot n'est-il pas bonjour ! Simple comme bonjour ! Bonjour comme bénédiction et disponibilité pour l'autre homme. Cela ne veut pas dire encore : quelle belle journée. Cela exprime : je vous souhaite la paix, je vous souhaite une bonne journée, l'expression de celui qui se soucie d'autrui. Elle porte tout le reste de la communication, elle porte tout le discours. [...] Miracle.

Premier miracle. Le premier miracle est dans le fait que je dise bonjour. »

Il est vrai qu'un nouveau bonjour a fait son apparition dans l'espace communicationnel : le bonjour égalitaire, indifférencié, pétulant des courriels ; le bonjour électronique et sans façon qui supprime d'un seul coup toutes les nuances et tous les échelonnements de nos anciennes pratiques épistolaires : Madame, Monsieur ; chère Madame, cher Monsieur ; cher ami ; mon cher ami ; mon cher Camus, mon cher Malraux ; cher Denis, chère Angélique. Ce bonjour au goût du jour n'est pas une adresse à l'Autre, c'est une irruption du moi. Ce n'est pas un chevalier, c'est un gougnafier. Il n'accueille pas, il déboule ; il ne s'incline pas, il s'invite ; il n'est pas avenant, il est abrupt ; il n'est pas bien disposé, il est éhonté ; il ne salue pas, il klaxonne ; il ne dit rien de plus aux destinataires que l'arrivée triomphale du destinateur. Ainsi, la muflerie fait main basse sur la courtoisie et retourne contre celle-ci, sans autre forme de procès, son propos inaugural.

D'un bonjour, l'autre. Le jeune bonjour exclamatif des messages informatiques n'est que l'homonyme de son attentif aïeul. Rien ne change mais tout change quand le premier égard se trouve ainsi transmué en étendard de l'individu fonceur dans l'univers virtuel qui concurrence la Terre et commence à lui dicter sa loi.

Est-ce si grave ? Je laisse au lecteur le soin d'en juger. Pour ma part, je me contenterai d'ajouter à cette si profonde réflexion de Levinas – « avant le cogito, il y a bonjour » – que bonjour est un miracle en péril.

4

« Européen : celui qui a la nostalgie de l'Europe. »

MILAN KUNDERA

« Un Occident kidnappé ou la tragédie de l'Europe centrale », l'article de Milan Kundera publié dans la revue de Pierre Nora, *Le Débat*, en novembre 1983, commence par ces mots : « En 1956, au mois de septembre, le directeur de l'agence de presse de Hongrie, quelques minutes avant que son bureau fût écrasé par l'artillerie, envoya par télex dans le monde entier un message désespéré sur l'offensive russe déclenchée le matin contre Budapest. La dépêche finit par ces mots : "Nous mourrons pour la Hongrie et pour l'Europe." »

1956 est une date fatidique dans l'histoire de la conscience européenne. Le soviétisme, cette grande espérance séculière qu'avait réactivée la victoire sur l'Allemagne nazie, entame alors son lent et inexorable déclin. Malgré les efforts déployés par la propagande pour dorer la pilule en célébrant l'aide fraternelle apportée par les troupes du pacte de Varsovie à la classe ouvrière hongroise afin qu'elle puisse triompher des sinistres forces réactionnaires, l'écrasement de l'insurrection passe mal. La rhétorique de la libération ne parvient pas à dissimuler la pratique éhontée de son contraire. En juin 1957, Sartre publie un numéro spécial des *Temps modernes* sur la révolte de la Hongrie. Dégrisé de sa croyance en « l'extraordinaire intelligence objective du parti communiste », il met fin à son compagnonnage par un long article intitulé « Le fantôme de Staline ». Au même moment, Vercors, grande figure de la Résistance et du progressisme, forge pour lui-même l'expression « potiche d'honneur » : « J'ai joué ce rôle pendant plus de douze ans. Mais arrive un jour où, tout ébréchée, toute fêlée, la potiche n'est plus présentable. » En août 1968, la répression du printemps de Prague ouvre les yeux des fidèles les plus endurcis. Elle est, dit Aragon, « la condamnation de nos illusions perpétuelles ». Et, dans sa préface retentissante au premier roman de Kundera *La Plaisanterie*, le Grand Écrivain du Parti évoque un « Biafra de l'esprit ». L'Union soviétique triomphe, le soviétisme agonise. Dans les années qui suivent, les dissidents de l'autre Europe achèvent le travail. Ils lèvent définitivement le voile sur la réalité stalinienne et post-stalinienne. L'imposture totalitaire éclate au grand jour. Sartre et Aron, « les petits camarades » de l'École normale que l'idée et la réalité communistes avaient longtemps séparés, se serrent la main sous le regard attendri d'André Glucksmann.

À la même époque, le journaliste Michel Cardoze écrit dans *L'Humanité* : « Certitude : Octobre est LA Révolution. Celle qui a brisé la machine anthropophage du capitalisme et jeté sur ses ruines les fondations d'un autre système où le producteur n'est plus le valet de la farce : le socialisme. Celle qui a catapulté en haillons, et la poitrine trouée de ses innombrables morts, la classe ouvrière au pied et à la tête d'un État nouveau. Certitude : Octobre est LA Révolution. Celle qui va sortir l'humanité des cavernes. » Mais ce lyrisme détonne. Cette grandiloquence tombe à plat. Cet enthousiasme ne fait plus mouche, il fait rire et suscite l'incrédulité. Comment a-t-on pu être aussi naïf ? En 1983, quand sort l'article de Kundera, c'est le bilan globalement négatif de l'URSS qui désespère Billancourt, et les intellectuels, dans leur immense majorité, n'opposent plus les vertus du communisme aux tares du capitalisme, mais les bénéfices de la démocratie imparfaite à la dévastation totalitaire. Changement complet de vision du monde, spectaculaire renversement des valeurs, mais à l'intérieur du même dispositif. La pensée est bouleversée, le mode de pensée est intact : il demeure politique, exclusivement politique. Deux types de régimes se font face et la phrase testamentaire – « Nous mourrons pour la Hongrie et pour l'Europe » – est d'autant moins audible, d'autant moins pensable à Berlin, à Rome et à Paris que le fantôme de Hitler y rôde encore.

Comme l'a écrit le sociologue allemand Ulrich Beck, l'Union européenne a vu le jour pour « tirer l'Europe des ornières de son histoire belliqueuse ». Conçue comme antithèse au nationalisme, née de la volonté de passer d'un état de guerre intermittent entre Européens à un état de paix perpétuelle, cette communauté humaine inédite s'emploie à corriger l'une par l'autre les deux allégeances que le directeur de l'agence de presse hongroise associait tout naturellement. Celui qui allait mourir sous les bombes se définissait comme un *héritier* et il apostrophait des *innovateurs* qui s'étaient donné pour mandat impératif de liquider l'héritage.

Mandat confirmé et même élargi avec l'accession des peuples du tiers-monde à l'indépendance. En pleine introspection post-hitlérienne, l'Europe s'est trouvée confrontée par les damnés de la terre à son histoire coloniale. Il lui fallait payer sa dette et entamer sans tarder une autocritique radicale. Longtemps bâillonné, l'Autre réclamait justice. Non pas l'Autre comme ce prochain que la Bible nous enjoint mystérieusement d'aimer, mais l'Autre comme idée, comme archétype, comme entité collective, et finalement comme *tout ce que l'Europe n'est pas*, qu'elle a tenu pendant des siècles sous son joug et que, par les voies de la discrimination ou de l'exploitation, elle opprime encore. L'heure des comptes a sonné. Depuis les années 60 du XXe siècle, l'Autre est le grand personnage conceptuel de la pensée occidentale et il est la source du malentendu persistant entre les innovateurs et les héritiers.

Le 8 novembre 1991, au moment où des Croates mouraient à Vukovar pour leur patrie et pour l'Europe, une pléiade de grandes figures de l'intelligentsia européenne, parmi lesquelles Pierre Bourdieu, Eduardo Lourenço, Jean-Luc Nancy, Juan Goytisolo et José Saramago, se réunissaient à Strasbourg et faisaient paraître un manifeste ainsi rédigé : « L'histoire européenne inlassablement le répète : les périodes d'épanouissement culturel coïncident avec la multiplication des échanges et des contacts avec l'extérieur ; les époques de décadence et d'effondrement se caractérisent par une recherche stérile de valeurs propres, la peur de l'Autre et le repli sur soi. Il n'y aura pas de renouveau en Europe sans une audacieuse ouverture de la conscience aux autres hommes, aux autres nations, aux autres cultures. » La guerre menée par la Serbie contre les républiques yougoslaves qui défendaient, d'un même souffle, leur identité nationale et leur identité européenne était interprétée par les penseurs, les romanciers et les poètes du Parlement européen de la Culture comme un affrontement interethnique, comme un combat provoqué chez chacun des protagonistes par la haine de la différence et même de la plus petite différence. Ces esprits éclairés se mobilisaient pour la reconnaissance de tous par tous et s'inquiétaient de voir les vieux démons resurgir dans les Balkans, c'est-à-dire là même où avait commencé la tragédie européenne. Vukovar était en ruine et, avec un mépris qui confinait au dégoût, ils jetaient l'opprobre sur tous les belligérants. Aux yeux des signataires du manifeste de Strasbourg et des organisateurs du grand colloque qui se tint, quelques mois plus tard, au palais de Chaillot à Paris sous le titre « Les tribus ou l'Europe », la spécificité et la supériorité du *nous* que nous formons, nous autres Européens déradicalisés, consistait à ne jamais nous laisser enfermer dans une appartenance. Ce nouveau *nous*, ce *nous* sans précédent, se définissait non par son contenu mais par son ouverture, non par son origine mais par sa rupture avec l'origine, non par ses racines grecque, latine, biblique, humaniste, mais par le déracinement. Choisir contre l'incarnation la voie de l'indétermination, quitter l'être afin d'être moralement irréprochable, telle était la leçon tirée de l'expérience de l'histoire par l'histoire en marche. Nous avions pour tâche d'effacer la tache en remplaçant, sur les billets de banque, les visages par des viaducs et en substituant à la discriminatoire communauté de destin une communauté procédurale sans exclusive car tissée de normes, de valeurs et de droits. « Ce qui compte, affirmait Jürgen Habermas, le grand théoricien de l'Europe post-hitlérienne, ce n'est pas qu'un sujet collectif puisse s'affirmer vis-à-vis de l'extérieur, mais qu'un ordre libéral soit garanti à l'intérieur. » Cette Europe, la nôtre, professait le culte de l'universalisme démocratique avec un zèle d'autant plus fervent qu'elle avait fait, à Auschwitz, l'expérience de sa fragilité. Le devoir de mémoire ordonnait de placer la nation sous haute surveillance et n'admettait, en guise d'identité européenne, que la religion de l'humanité.

Le temps a passé. La guerre des Balkans était le dernier soubresaut du terrible XXe siècle. Nous en sommes sortis mais, sourds à la détresse du directeur de l'agence de presse de Hongrie, nous continuons, imperturbables, à parler la langue du manifeste de Strasbourg. L'assiégé héroïque témoignait d'une expérience de l'Autre qui n'a toujours pas fait effraction dans l'Occident protégé. L'Autre auquel il avait affaire, ce n'était pas l'opprimé mais l'oppresseur ; ce n'était pas une culture injustement méprisée, c'était une civilisation vorace ; ce n'était pas l'Orient assujetti ou l'Afrique infériorisée, c'était la Russie implacable. La Russie et non l'Union des républiques socialistes soviétiques (« quatre mots, quatre mensonges », disait Castoriadis). La Russie qui, par-delà les ruptures et les convulsions de l'histoire, persistait en ses tendances centralisatrices et ses rêves impériaux. La Russie, c'est-à-dire, avertit Kundera, bien plus qu'un régime, « un *monde* possédant une autre dimension (plus grande) du malheur, une autre image de l'espace (espace si immense que les nations entières s'y perdent), un autre rythme du temps (lent et patient), une autre façon de rire, de vivre, de mourir ».

L'article de Kundera oblige ses lecteurs attentifs à une véritable révolution mentale. Ils étaient d'ores et déjà dégrisés et la normalisation qui s'était abattue sur la Tchécoslovaquie les renforçait dans leurs convictions démocratiques, mais, captifs encore de la géographie de Yalta, ils situaient Prague, Budapest et Varsovie à l'est de l'Europe. Kundera rapatrie ces capitales en Europe centrale et leur rend ainsi la mémoire. Ils identifiaient pour le pire (l'impérialisme déchaîné) ou pour le meilleur (la promotion des droits de l'Homme) l'Occident à la Puissance et ils découvrent, médusés, un Occident fragile, vulnérable, à la merci d'un voisin insatiable. Ils n'abordaient la politique qu'avec un vocabulaire politique, et Kundera leur dévoile un choc de civilisations. Instruits par les sciences humaines, ils dénonçaient les ravages de l'européocentrisme, et une Europe naufragée fait soudain entendre sa voix. Ils habitaient leur grande nation à la fois repentante et assez sûre d'elle-même pour entrer sans crainte ni regret dans l'ère post-nationale, et voici que surgissent dans leur champ de perception les *petites nations*, celles dont l'existence peut être à tout moment remise en question et qui le savent. « La Pologne n'a pas encore péri », dit le premier vers de l'hymne national polonais.

Reste la question : comment définir cette identité européenne que les petites nations, en 1983, défendaient encore passionnément ? La réponse apportée par Kundera est d'une simplicité lumineuse : « Au Moyen Âge, l'unité de l'Europe reposa sur la religion commune. Dans les Temps modernes, quand le Dieu médiéval se transforma en *Deus absconditus*, la religion céda la place à la culture, qui devint la réalisation des valeurs suprêmes par lesquelles l'humanité européenne se comprenait, se définissait, s'identifiait. » Un changement décisif, en effet, se produisit à la Renaissance. La connaissance et la défense de la religion cessèrent alors d'être le but suprême des études. Les Anciens ne furent pas redécouverts – le Moyen Âge ne les avait pas négligés – mais ils furent lus autrement : pour eux-mêmes, et non plus pour la vérité chrétienne qu'ils permettaient de faire apparaître. « Grâce au trésor de la mémoire, dans le colloque avec les autres, dans la confrontation avec des paroles précises et non pas fausses et banales, l'esprit est pratiquement obligé de se retrouver lui-même, de prendre position, de prononcer à son tour des mots adéquats et précis. Selon l'expression d'Ange Politien, à l'école de Cicéron on va apprendre non pas à être cicéronien, mais à être soi-même », écrit Eugenio Garin, un des maîtres européens de l'histoire de l'humanisme et de la

Renaissance. Et, rappelle Kundera, la culture en ce sens éminent a joué un rôle décisif dans les soulèvements centre-européens : « Des écrivains regroupés dans un cercle qui portait le nom du poète romantique Petöfi déclenchèrent en Hongrie une grande réflexion critique et préparèrent ainsi l'explosion de 1956. Ce sont le théâtre, le film, la littérature, la philosophie qui travaillèrent pendant des années à l'émancipation libertaire du printemps de Prague. Ce fut une interdiction d'un spectacle de Mickiewicz, le plus grand poète romantique polonais, qui déclencha la fameuse révolte des étudiants polonais en 1968. Ce mariage heureux de la culture et de la vie marque les révoltes centre-européennes d'une inimitable beauté dont nous, qui les avons vécues, resterons envoûtés à jamais. »

Cette beauté est-elle encore concevable ? À l'ère de l'écran total, peut-on toujours dire, avec la romancière américaine Cynthia Ozick : « Où que vous soyez au monde, vous êtes européen quand vous êtes en train de lire » ? Une chose est sûre : la culture au singulier n'est plus en odeur de sainteté nulle part. Jusque dans les universités, on dénonce son élitisme. Descendue de son piédestal, elle n'est aujourd'hui admise à l'existence que comme *pratique sociale*, sans plus ni moins de légitimité ou d'intérêt que n'importe quel loisir. Ce tournant sociologique est entériné par l'esprit d'égalité. La démocratie, parvenue à son stade ultime, ne supporte aucune forme de transcendance. Après la sortie de la religion, voici venu le temps de la sortie de la culture. Le « chacun ses goûts » a eu raison des valeurs suprêmes. Plus question d'estimer davantage les œuvres artistiques que les produits du divertissement. Plus question même de les séparer : l'heure est à la « dé-hiérarchisation ». Et les clips, les mangas ou les jeux vidéo qui n'en demandaient pas tant habitent désormais sous le même toit que ce qu'on appelait jadis les grandeurs de l'esprit. Les anciens soixante-huitards rendaient grâce aux penseurs d'Europe centrale de les avoir réconciliés avec la démocratie libérale. Ils ne s'attendaient pas à ce que l'un d'entre eux, le plus prestigieux peut-être, portât le deuil d'une Europe mise à mort non par le mal totalitaire mais par l'*hubris* démocratique.

Ils ne s'attendaient pas non plus à ce que notre Autre dérogeât à sa grande mission historique. Or, c'est précisément ce qui s'est passé : alors même qu'il s'implantait en Europe, l'Autre lui faisait faux bond ; il refusait d'endosser le rôle prévu pour lui et trahissait l'espoir de ses admirateurs. Il devait impérativement se révolter contre la domination, mais c'est un style de vie, une manière d'être, un ensemble de libertés qu'il a pris pour cible. C'est l'humanisme européen qu'il a rejeté avec violence. Au lieu de suivre les indications du metteur en scène progressiste, il s'est emparé du scénario et l'a réécrit de fond en comble. Tous les autres, faut-il le préciser, ne se reconnaissent pas dans cette façon de voir et d'agir. Beaucoup en souffrent et la désavouent explicitement. Reste que les territoires conquis par l'islam radical sont assez nombreux pour constituer, comme dit Élisabeth Badinter, « une seconde société tournant le dos à ce que nous sommes et visant le séparatisme voire la sécession ». Voici donc les citoyens de l'Union européenne renvoyés par un ennemi non programmé à la civilisation dont ils avaient cru pouvoir s'affranchir en bâtissant leur maison commune avec des matériaux non contaminés.

L'« opération militaire spéciale » déclenchée par la Russie contre l'Ukraine le 24 février 2022 agit dans le même sens. Elle réveille ceux qui dormaient encore de leur sommeil politique. L'Ukraine agressée proclame son ancrage européen. Et la rhétorique antihitlérienne si efficace à l'automne 1991 lors du siège et de la destruction de Vukovar ne fonctionne plus pour Kiev, Odessa ou Kharkiv. Le travestissement de la volonté de puissance en entreprise de dénazification ajoute même le scandale à l'épouvante. Cette guerre à nos portes nous rappelle, elle aussi, que l'Europe n'est pas seulement une *construction* en perpétuel devenir, mais une *civilisation* précieuse et périssable.

Mieux vaut tard que jamais. Sauf s'il est déjà trop tard ; sauf si la culture a, pour de bon, cédé la place ;

sauf si les sociétés occidentales n'ont rien de plus à offrir au monde que le nihilisme démocratique ; sauf si, malgré la trahison de l'Autre et sa sortie de la route toute tracée de l'émancipation universelle, la mauvaise conscience conserve son emprise sur les consciences et interdit durablement aux habitants du Vieux Monde de défendre leur identité, c'est-à-dire, ne craint pas d'écrire Kundera, leur *occidentalité* ; sauf si, en un mot, l'antiracisme érigé très légitimement en article premier de la morale politique au lendemain de la chute du Troisième Reich conduit à criminaliser toute fermeture des frontières, toute politique d'assimilation, toute distinction entre l'hôte et l'hôte et devient, pour finir, l'arme de destruction massive de la nation comme de l'Europe.

5

« Nous demandons un enseignement secondaire très largement ouvert. Son rôle est de former les élites, sans acception d'origine ou de fortune. Du moment qu'il a cessé d'être (ou de redevenir) un enseignement de classe, une sélection s'imposera. »

MARC BLOCH

Cette citation de Marc Bloch n'a rien qui puisse attirer l'œil d'un collectionneur de perles. Programmatique et pragmatique, elle ne se fixe pas dans la mémoire, elle ne brille pas comme un aphorisme, elle ne frappe ni par son élégance ni par sa fulgurance. Je l'ai retenue cependant, car elle témoigne d'un monde et même d'un idéal révolus. Et, à ce titre, elle déchire le cœur.

En 1943, la victoire des Alliés apparaît certaine. Même dans la France occupée, l'issue ne fait plus aucun doute. Pour les résistants, il s'agit d'ores et déjà de tirer les leçons d'une débâcle qui fut aussi celle de l'intelligence et de s'attacher à la reconstruction du pays. En commençant par l'École. Républicain dans l'âme, Marc Bloch pense, comme Condorcet, que « les peuples libres ne connaissent d'autres moyens de distinction que les talents et les vertus ». Contre ces bourgeois « peu amis d'une égalité qui élèverait les ouvriers à leur propre niveau » et cherchant à pousser leur progéniture à des positions qu'elle ne peut pas toujours tenir, il veut, comme Renouvier, en finir avec la cooptation par la sélection.

Ce raisonnement est devenu proprement incompréhensible. Le langage de Marc Bloch, de Renouvier et de Condorcet n'a plus cours nulle part. Aucun spécialiste de pédagogie, aucun chercheur en sciences sociales, aucun parti politique, aucun ministre, de quelque bord qu'il soit, n'aurait même l'idée de parler ainsi. Un livre, en effet, a radicalement changé la donne et creusé un abîme entre Marc Bloch et nous : *Les Héritiers*, de Pierre Bourdieu et Jean-Claude Passeron. Les deux auteurs démontrent, statistiques à l'appui, que les examens et les concours ne mettent pas fin à la cooptation : ils la mettent en œuvre. Sous couleur de promouvoir le mérite, la sélection transmue l'héritage social en grâce individuelle. Elle fait croire aux élèves bien nés qu'ils sont les meilleurs parce qu'ils obtiennent les meilleures notes et aux enfants des classes défavorisées qu'ils ne peuvent s'en prendre qu'à eux-mêmes du destin qui leur est assigné, car la plupart d'entre eux n'atteignent pas la moyenne. On peut toujours citer Péguy, Camus, Badinter, Kiejman, Marie-Hélène Lafon et autres « transfuges de classe ». Mais ce ne sont pas des contre-exemples, ce sont des exceptions qui confirment la loi d'airain des hiérarchies inamovibles. Culture d'atmosphère avant d'être culture scolaire, la culture générale infuse dans les grandes familles en l'absence de tout effort méthodique et toute action manifeste. Ce corps de savoirs, de savoir-faire et de savoir-dire constitue le patrimoine de la bourgeoisie et sa « transmission domestique » est, selon Bourdieu, « le mieux caché et le plus déterminant socialement des investissements éducatifs ». Ce qui signifie, écrit, en substance, Marie Duru-Bellat, une autre sociologue, que certains trouvent dans leur berceau les ingrédients leur permettant ensuite de mériter une carrière scolaire bien plus prometteuse que d'autres. « Sélection, piège à cons » : les plus doués sont les mieux dotés, le remède selon Marc Bloch est le mal depuis Bourdieu. Nouveaux titres de noblesse, les titres scolaires assurent la reproduction des inégalités en donnant aux dominants l'illusion que leur domination est légitime et en invitant les dominés à voir dans la condition qu'ils subissent un effet de leur inaptitude naturelle. Les nantis brandissent leurs diplômes comme des certificats d'intelligence. Ceux qui n'ont pas les codes souffrent deux fois : de leur place dans la société et de sa ratification par l'École. Nous savons maintenant ou nous croyons savoir que, sous le paravent de la justice républicaine, la violence la plus cruelle se donne libre cours.

À en croire le philosophe Jacques Bouveresse, rien n'aurait changé dans notre système éducatif malgré le grand dévoilement opéré, en 1964, par les sociologues. Et pour étayer son scepticisme sur la possibilité de parvenir à une transformation du monde social par une meilleure connaissance, Bouveresse cite Pascal : « En montrant la vérité, on la fait croire, mais en montrant l'injustice des maîtres, on ne la corrige pas. » L'auteur de *Bourdieu, savant politique* sous-estime, en l'occurrence, l'œuvre du savant. Aucun livre, sans doute, n'a exercé une influence aussi profonde que *Les Héritiers*. On a voulu, à toute force, corriger l'injustice qu'il dénonçait. La dualité du primaire et du secondaire a été supprimée, le collège unique a été instauré, le redoublement, rebaptisé « maintien », n'est pratiqué qu'en dernier recours, la sévérité est assimilée à la férocité, les professeurs sont astreints à la bienveillance ; jugée humiliante, la sélection est bannie et, si discrimination il y a, c'est en faveur des enfants et des adolescents issus de milieux modestes. Objectif prioritaire de tous les gouvernements, la lutte contre les inégalités conduit à accueillir les élèves plus faibles dans les classes plus avancées et ensuite à se régler sur leurs capacités pour ne laisser personne sur le bord de la route. Puisque la rhétorique de la méritocratie ne fait que déguiser une propriété statutaire en propriété personnelle, puisque l'hérédité continue à faire autorité sous l'apparence de son contraire républicain, puisque enfin nos sociétés soi-disant modernes sont divisées en castes comme les sociétés traditionnelles, une nouvelle déclaration des droits a été progressivement mise en place qui stipule que les êtres humains, quelle que soit leur origine, naissent libres, égaux et bacheliers. C'est ainsi, avec les meilleures intentions, que le niveau s'effondre.

Bouveresse a donc raison : les choses ne s'améliorent pas, on peut même dire qu'elles s'aggravent. De moins en moins d'enfants d'ouvriers et d'employés accèdent aux grandes écoles et autres filières d'excellence. Mais contrairement à ce qu'affirme Bouveresse, ce n'est pas faute d'avoir pris Bourdieu au sérieux que ce malheur advient, c'est pour avoir voulu mettre l'École à son école. La politique compassionnelle et réparatrice née de la lecture des *Héritiers* pénalise d'abord ceux à qui elle est censée tendre la main et qui n'ont que l'École pour s'élever. Les autres peuvent toujours s'en sortir par l'enseignement privé ou par les cours particuliers. La reproduction sociale est donc assurée au moyen des dispositions prises pour y mettre un terme. C'est à vouloir assumer la critique de l'ordre établi par la sociologie militante qu'on le pérennise. Et cela ne risque pas de s'arrêter : plus les inégalités se creusent sous l'effet des réformes, plus on fait de réformes pour combler les inégalités. On décourage, de surcroît, les enfants des classes populaires de fournir le moindre effort en leur martelant du matin au soir que l'ascenseur social est bloqué au sous-sol. À quoi bon s'engager dans la compétition scolaire si les jeux sont faits avant qu'ils ne commencent ? Dès lors qu'aucun espoir n'est permis, la paresse, le désordre et même le sabotage des cours relèvent de la légitime défense.

Grâce au Ciel, ou plus exactement à la sélection, il y a encore dans nos sociétés des chirurgiens, des oncologues, des architectes, des ingénieurs, des pilotes de ligne fiables. Mais y a-t-il encore des héritiers ? Pour mettre fin au *délit d'initié* que constitue le fait d'être né au milieu des livres, d'aller enfant à la Comédie-Française et de prendre des leçons de piano, les chercheurs et les décisionnaires ont dévalué, d'un seul coup, ce capital immatériel. Ce qui était sans prix a perdu son prestige et, Bourdieu ayant montré que la culture était ce que la classe dominante avait trouvé de mieux pour se démarquer du vulgaire, il s'agit désormais de ne plus s'y laisser prendre et d'en finir, dès les bancs de l'école, avec les admirations obligatoires. Le prêtre dit : « Ne raisonnez pas, mais croyez. » Il revient au maître non d'être un prêtre laïque et de séculariser cette prosternation de l'intelligence, mais d'abdiquer toute posture magistrale et d'apprendre aux élèves à ne plus vivre sous tutelle. Selon le professeur Alain Viala, qui participait, au début du XXIe siècle, à la réforme des programmes de français, *la littérature appartient à l'espace des opinions* : « Assumons-le et prenons-le en charge comme tel. Donner de l'autonomie dans le débat d'opinion, c'est notre mission dans un lycée démocratique. » Les opinions exprimées par Racine dans *Bérénice*, par Baudelaire dans *Les Fleurs du mal*, par Proust dans la *Recherche* ou par Marguerite Duras dans *Le Ravissement de Lol V. Stein* doivent donc être respectées mais pas davantage. Rien n'est en soi beau ou admirable. Quant à la vérité, c'est la science qui s'en charge. À l'âge de la démocratie achevée, « c'est beau » ne peut signifier que « j'aime ça », il n'y a pas d'au-delà du subjectivisme, la tolérance est l'horizon indépassable de la vie de l'esprit. « Mais moi, je suis qui pour porter un jugement de valeur ? » s'exclame le député Aurélien Taché. Le vrai n'étant plus un critère mais une chimère, la profondeur, la justesse, la pertinence n'étant qu'affaire d'appréciation, on cesse de discriminer les énoncés, on les accueille à bras ouverts, sans faire le tri. Aucun n'est recalé, aucun ne surnage, la *doxa* n'a plus de dehors. Sous son règne inclusif, le bon grain et l'ivraie sont logés à la même enseigne. Et la pédagogie, déchargée du soin d'élever les âmes, ménage à chacun une place dans la caverne. Dans un article publié par la revue *Esprit* en 1955, Paul Ricœur écrivait : « Qu'est-ce que je fais quand j'enseigne ? Je parle. Je n'ai pas d'autre gagne-pain et je n'ai pas d'autre dignité. Je n'ai pas d'autre moyen de transformer le monde et je n'ai pas d'autre influence sur les hommes. La parole est mon travail ; la parole est mon royaume. » Qu'est-ce qu'on fait quand on enseigne les humanités au XXIe siècle ? On change de régime et on annonce la bonne nouvelle de l'égalisation des discours.

Selon Alain, homme de l'ancien monde, « l'esprit humain se forme non à choisir, mais à accepter ; non à décider si une œuvre est belle, mais à réfléchir sur l'œuvre belle. Ainsi, en dépit de lieux communs trop évidents, il y a une imprudence à juger par soi, c'est l'humanité qui pense ». Et Nicolas Gómez Dávila renchérit : « Notre opinion sur un grand livre est le verdict que ce livre porte sur nous. » Cette prudence et cette modestie sont hors de saison. Personne, en matière d'opinion, n'est supérieur à personne. Ce qu'Alain appelle l'humanité est considéré comme la voix du préjugé par les nouvelles Lumières. Celles-ci désacralisent le grand art, combattent la piété envers les chefs-d'œuvre comme l'ultime avatar de la religion et enseignent, en guise du courage de se servir de son propre entendement, la méfiance *a priori* envers tout ce qui fait autorité. « En quoi consiste la barbarie sinon précisément en ce qu'elle méconnaît ce qui excelle ? » écrit Goethe. Cette méconnaissance est aujourd'hui à l'œuvre sous le nom usurpé d'esprit critique. Et les élèves sont invités, dès leur plus jeune âge, à ne pas se laisser avoir. L'École contemporaine est une fabrique de narquois. Tout le monde, même ceux qui tirent leur épingle du jeu, même les privilégiés, même les favorisés de la naissance ou de la fortune, même les bac + 12, est affecté par ce désastre.

La culture générale fait les frais de la lutte contre les inégalités et, de même que les belles villes n'incitent plus les visiteurs à revêtir de beaux habits, de même les classiques n'obligent plus. La bourgeoisie cultivée a rejoint l'aristocratie dans les poubelles de l'histoire. Nul ne vivant désormais sous le regard des morts, la tenue disparaît, la forme s'efface. Avec la bénédiction des « linguistes atterré.e.s » par l'idée même de bon usage, chacun, quel que soit son niveau social ou son degré d'instruction, parle comme il veut, comme il est, comme ça lui vient, sans avoir à se préoccuper de l'apparence. Du haut en bas de l'échelle, les locuteurs sont libres, c'est-à-dire désaffiliés : le soin de la langue a disparu de leur cahier des charges. « Si vous héritez d'un empire comme celui de Charles Quint, vous êtes forcé de vous intéresser à comment vous communiquez », affirme sur France Culture un historien bardé de diplômes.

Dans son essai *De la révolution*, Hannah Arendt cite cette remarque surprenante de Saint-Just : « On vit alors que le peuple n'agissait pour l'élévation de personne mais pour l'abaissement de tous. » C'est très exactement ce que fait l'École culpabilisée, au nom du peuple, par Bourdieu et ses innombrables épigones : elle n'agit pour l'élévation de personne mais, consciencieusement, réforme après réforme, pour l'abaissement de tous. Et son succès est spectaculaire.

*

Le 6 novembre 2012, l'académicien Michel Serres prononçait sous la Coupole le discours annuel sur la vertu. Dépoussiérant l'exercice, il mettait en scène et faisait dialoguer deux personnages antithétiques : Grand-Papa Ronchon et Petite Poucette. Comme son nom l'indique, Grand-Papa Ronchon maugrée. Il est fâché avec l'époque. Il vitupère contre tout ce qui le dépasse et rabâche la litanie monotone du « c'était mieux avant ». Petite Poucette n'est pas impressionnée : elle ne connaît pas ses classiques, mais elle a lu sur Wikipédia qu'avant sévissaient Lénine, Staline, Mussolini, Hitler, Mao, Pol Pot et que le XXe siècle, sous ces gouvernements éclairés, « produisit, en guerres et crimes d'État, plus de cent millions de morts ». Cette histoire sanglante ne lui inspire aucune nostalgie. Elle n'a vraiment pas envie de revenir en arrière. Saisissant son portable, la voilà déclarant à la cantonade sa devise triomphale : « Maintenant tenant en main le monde ». Grand-père tendre aux doigts gourds, Michel Serres l'appelle Petite Poucette en hommage à la maestria des messages fusant de ses pouces. Il s'enchante de la voir naviguer et surfer sur internet. Par téléphone portable, elle accède à toutes personnes ; par GPS, en tous lieux ; par la toile, à tout le savoir. Elle ne vit plus d'appartenances. La technique l'a délivrée du lieu. Le virtuel est sa patrie, le virtuel est sa vertu.

Il est vrai que Petite Poucette, intenable, bavarde pendant les cours. Les enseignants demandent en vain le silence : dans les classes comme dans les amphis, le brouhaha règne. Mais Grand-Papa Ronchon a tort, encore une fois, de faire la tête. Il rouspète, il tempête, il regrette la discipline d'antan, sans comprendre que si Petite Poucette s'intéresse de moins en moins aux discours de ses maîtres, c'est parce que leur savoir « tout le monde l'a déjà. En entier. À disposition. Sous la main. Accessible par n'importe quel portail [...]. La vague des accès au savoir monte aussi haut que celle du bavardage ».

Grand-Papa Ronchon peut bien objecter à l'académicien espiègle que l'accès à la connaissance n'est pas la connaissance mais son tenant-lieu mensonger, et que la disponibilité immédiate de tous les livres ne saurait dispenser d'en lire lentement quelques-uns ; il a beau dire que les véritables lumières réclament de la patience et de l'attention, et que ses vertus sont mises à mal par l'école numérique – Michel Serres, tout à son émerveillement pour l'humanité enfantée par les nouvelles technologies, n'entend pas. Et les décideurs politiques non plus, qui comblent le fossé entre inforiches et infopauvres en procédant à la distribution gratuite des tablettes numériques dans les écoles.

Une révolution se déroule à l'intérieur de la psyché occidentale. Nous sommes entrés, avec le virtuel, dans l'ère de l'*adolescent surmoïque*. L'avenir fait la leçon au passé. L'automne est piteux ; l'hiver, sinistre ; le printemps, goguenard. Quand ils en ont la patience, les jeunes apprennent aux adultes à se mouvoir dans le cyberespace. Les *digital natives* surpassent et surplombent les générations antérieures. Leurs voix et non celles des aïeux résonnent dans les têtes et ils sont d'autant moins enclins à écouter Grand-Papa Ronchon qu'avant de mourir celui-ci laisse une planète exsangue en héritage. Consommateurs effrénés, insatiables, irresponsables, les *boomers* se sont vautrés dans l'abondance, ont épuisé la Terre pour satisfaire leur passion du bien-être, et l'on voit le résultat. Après Pol Pot, la pollution généralisée est le dernier fait d'armes du passé dont Grand-Papa Ronchon s'obstine à porter le deuil.

Le vieillard honni et ridicule cependant s'est renseigné. Il a fait des recherches et il a appris qu'un téléphone fixe des années 50 du XXe siècle nécessitait une douzaine de métaux différents, que les premiers portables en requéraient vingt-neuf et que les smartphones dernière génération en contiennent cinquante-cinq : de l'argent, du cuivre, de l'or, du zinc, du cobalt, du lithium, de l'antimoine, etc. L'extraction et le raffinage de ces métaux sont polluants et gourmands en eau, en électricité, en énergie. Mais Petite Poucette ne se laisse pas démonter. « *How dare you ?* » lance-t-elle, furibonde, quand elle daigne lever les yeux des messages qui défilent sur son écran. L'œil qui regarde Caïn est celui de Greta.

Alors Grand-Papa Ronchon relit mélancoliquement cette phrase de Jaime Semprun : « Quand le citoyen écologiste prétend poser la question la plus dérangeante en demandant : "Quel monde allons-nous laisser à nos enfants ?", il évite de poser cette autre question réellement dérangeante : "À quels enfants allons-nous laisser notre monde ?" »

6

« Admirer le passé n'est, me semble-t-il, pas forcément contraire à la vie et c'est absolument préférable à l'outrecuidance. Aucune époque n'a jamais eu motif de se sentir tout à fait bien dans sa peau ni de voir la paille dans l'œil d'autrui et non la poutre dans le sien, la nôtre moins encore. »

THOMAS MANN

Ces lignes sont extraites d'un article publié par Thomas Mann en mars 1931 : « Régénération de la bienséance ». Moins d'un an auparavant, des élections avaient eu lieu en Allemagne. Obtenant plus de six millions de voix, les nationaux-socialistes étaient passés de six députés à cent sept. Ce raz-de-marée ne pouvait plus être traité par le mépris. Autre chose était en jeu, comme le soulignait Victor Klemperer, que « le fourvoiement passager et sans conséquence d'adolescents insatisfaits ». Une nouvelle philosophie fondée sur l'éloge du dynamisme vital et le rejet des lieux communs surannés, comme la vérité ou la justice, légués par la bourgeoisie libérale et humanitaire, envahissait l'Allemagne. « On ne flatte, chez nous, plus profondément et sûrement l'instinct national qu'en établissant une doctrine "biocentrique" où l'esprit joue le rôle de corrupteur, de désagrégateur et de fossoyeur », écrit Thomas Mann. Nul n'ignore ce qui advint en Allemagne et dans le monde du fait de ce renversement.

Près d'un siècle après l'arrivée des nazis au pouvoir, l'Europe et l'Occident tout entier sont hantés par la crainte d'un retour des vieux démons. Leur éradication apparaît comme une mission sacrée et une tâche interminable. « Plus jamais ça », c'est d'abord plus jamais la prosternation devant la force brute, plus jamais « le règne ignoble et inouï de l'élémentaire », plus jamais l'idolâtrie des racines, plus jamais le complexe de supériorité, plus jamais l'inégalité des races, et la haine de tout ce qui n'est pas soi. Le passé nationaliste, esclavagiste, colonialiste et impérialiste, qui a fait d'innombrables victimes, met les pays occidentaux dans l'obligation de rectifier le tir et de redoubler de vigilance. Cette vigilance s'appelle aujourd'hui *wokisme*. Le slogan « *Stay woke!* (Restez éveillés !) », qui était initialement celui du mouvement Black Lives Matter, s'est en effet généralisé, et il a transformé le paysage intellectuel de toutes les sociétés occidentales. Dans les universités devenues méconnaissables, les anciennes humanités ont été balayées par les innombrables *studies* : *african-american studies*, *women studies*, *gender studies*, *queer studies*, *lesbian studies*, *gay studies*, *whiteness studies*, *subaltern studies*, *post-colonial studies*, etc. Avec la volonté de s'arracher à une histoire maléfique en traquant sans relâche les injustices et les discriminations subies par les minorités ethniques, sexuelles ou religieuses, la recherche a laissé place aux griefs et l'inaltérable soif de connaissances à un sempiternel réquisitoire. Les étudiants comme les professeurs se sont métamorphosés en « guerriers de la justice sociale ». Leurs travaux valident des choix militants antérieurs. Comme l'écrit très justement Jean-François Braunstein : « On ne peut pas faire d'études de genre si on pense que le genre n'est pas un choix, ni d'études de race si on estime que le racisme n'est pas systémique, ni d'études sur la graisse (*fat studies*) si on pense que l'obésité n'est pas un choix de vie comme un autre, ni d'*animal studies* si on juge que les animaux ne sont pas des humains comme les autres, et ainsi de suite. » Ces études n'étudient pas, elles incriminent. Elles ne cherchent pas à savoir mais à confirmer leur savoir, c'est-à-dire à peaufiner leur acte d'accusation. Parties chacune d'une doléance particulière, elles désignent un seul et même coupable : l'homme blanc occidental hétérosexuel. Elles ouvrent, avec un passe-partout, les différentes portes du réel. Si les oppressions sont multiples, les luttes convergent et deux espèces humaines, en dernière instance, se font face : celle, disait déjà Nizan, qui écrase et celle qui ne consent pas à être écrasée. L'espérance communiste n'a pas survécu à la chute du mur de Berlin, mais avec l'éveil qui remplit le vide et sous l'égide du concept d'intersectionnalité, le chiffre deux à nouveau règne en maître. Par la magie de l'Idée, la pluralité humaine et avec elle la complexité, l'opacité, l'ambiguïté, la nuance disparaissent de la surface de la

Terre : tous les destins sont édifiants, aucune situation n'est inextricable, rien, en dernière instance, n'échappe au Grand Antagonisme. Le mal sévit sans trêve et son visage est exclusivement européen.

Il suffit maintenant de lire l'énoncé des thèses pour en connaître la teneur. Ce ne sont pas des enquêtes ou des exercices de pensée, ce sont des manifestes : « De l'idée d'invasion migratoire dans les médias français (années 80 à nos jours) » ; « L'islamophobie en France et dans les pays frontaliers » ; « Bifurcations de genre : épreuves et réseaux de soutien des personnes trans » ; « De la mauresque à la beurette : la fabrication d'un cliché médiatique, une question au creuset du post-colonial et du genre ». Et quand l'université Paris 7 ouvre au concours un poste d'enseignant de philosophie, c'est avec l'indication suivante : « On en attendra une pratique de l'intersectionnalité réfléchie, non comme méthodologie régionale, mais comme mode de problématisation générique, transversale, susceptible de complexifier l'analyse des logiques de domination, dans leur épaisseur généalogique comme dans leurs configurations contemporaines, et de transformer les conditions de lisibilité des trajectoires individuelles et collectives de la subjectivation émancipatrice, des inventions de corps, de mémoire et de langage opérant dans la reconstruction d'une capacité politique. » Miam. Voilà une offre d'emploi qui fait saliver et regretter profondément d'avoir passé l'âge de présenter sa candidature.

« Parmi toutes les manières de lire les grands livres du passé, il en est une que je préfère, c'est celle qui cherche en eux non pas ce que nous sommes, mais justement cela qui nie ce que nous sommes », écrivait naguère Octavio Paz. Cette préférence est caduque. Pourquoi nous déprendre de nous-mêmes, nous qui, à la différence de nos ancêtres, avons décidé de ne plus dormir et de regarder l'abjection en face. Toutes les générations antérieures avaient des angles morts. Nous seuls pouvons nous targuer de n'oublier personne. Racisme, islamophobie, sexisme, haine anti-LGBT, grossophobie, validisme, spécisme : nous ne tolérons aucune forme d'exclusion, nous inventorions et nous stigmatisons les stigmatisations sans en omettre une seule, jamais on n'est allé aussi loin dans la reconnaissance de l'Autre. Nous avons fait notre deuil du concept hégélien de savoir absolu, mais c'est pour le remplacer par la certitude non moins présomptueuse d'être doté d'un cœur absolu, d'une sensibilité définitive et insurpassable. En 2020, lors du colloque annuel de la Society for Classical Studies, un professeur à Princeton fit sensation en dénonçant l'injustice systémique de la discipline qu'il enseigne, et le *New York Times* résumait sa pensée en disant qu'à ses yeux « *classics* et *whiteness* étaient les os et tendons d'un même corps, qu'ils s'étaient renforcés ensemble et que peut-être ils devaient mourir ensemble ». Une collègue britannique déclina fermement cette invitation à disparaître. Elle plaida pour la sauvegarde de son champ d'études en montrant que les Romains avaient été les premiers multiculturalistes. Toute la question est donc de savoir à quelle sauce le passé va être mangé. Soit il nous annonce ou nous ressemble et il est digne d'être conservé ; soit il est oppressif et il faut le clouer au pilori, ou au moins lui faire rendre des comptes. Ce qui est impensable, dans tous les cas, c'est que le passé puisse donner à penser. Nous ne sommes plus ses héritiers, nous sommes son tribunal. Il ne nous éclaire plus, il ne nous instruit plus, il ne nous construit plus ; nous mettons toute notre science à le conformer ou à le déconstruire.

La proposition humaniste nous invitait à puiser dans le trésor de la mémoire pour déchiffrer les énigmes de la condition humaine. S'il y a aujourd'hui un devoir de mémoire, il tient tout entier dans l'obligation de se rappeler les crimes qui ont jalonné l'histoire occidentale. Et la seule question qui vaille est celle de savoir s'il faut déboulonner les statues des salauds ou, comme le souhaite François Cusset, l'auteur de *French Theory*, « garder sous les yeux la figure de l'ennemi », car « nettoyer la ville des symboles du passé est aussi une façon de désarmer la lutte ». Vandalisme ou damnation : telle est l'unique alternative.

L'ennemi, au demeurant, est partout. Même dans l'idiome que nous parlons en toute innocence. Les partisans intransigeants de l'égalité ont entrepris de libérer les femmes de la burqa linguistique qui, depuis des siècles, ensevelissait leur existence. Les voici donc enfin rendues à la lumière par l'écriture inclusive et l'usage systématique jusque dans les plus hautes sphères de l'État de « celles et ceux », « chacune et chacun », « toutes et tous », comme si les voyageuses se sentaient oubliées ou insultées quand les voyageurs étaient invités à ne pas descendre du train arrêté en rase campagne. Et comme si l'on ne disait pas une personne, une sentinelle, une figure, une estafette, une ordonnance ou, en des temps patriarcaux, de Sa Majesté qu'Elle avait passé une nuit difficile.

Ainsi, l'époque actuelle bat sa coulpe avec un zèle jubilatoire. Résolument engagée dans la voie réparatrice de l'égalité, elle se gargarise de sa honte, elle vit à l'heure de la *shame pride*. C'est par la repentance, en effet, qu'elle marque sa prééminence. Elle se veut ouverte à l'altérité. Mais en réalité, elle ne sort jamais d'elle-même et, forte de sa sensibilité absolue, elle ne voit pas la poutre qui est dans son œil. Elle mène un combat acharné contre le nationalisme et témoigne d'un chauvinisme du présent sans équivalent dans l'histoire des hommes. Arrogance pénitentielle, triomphe du Même sous la bannière de l'Autre, suprémacisme égalitaire : tel est le triple paradoxe de notre temps. On voulait tirer toutes les leçons des années noires si bien pressenties puis décrites par Thomas Mann et on finit par relever de la critique qu'il formulait en 1931 dans « Régénération de la bienséance ». Cette critique, en outre, n'est pas audible. Comment s'opposer à l'antiracisme sans être soi-même raciste ou au féminisme radical sans témoigner de son indécrottable misogynie ? La pensée éveillée est trop généreuse pour ne pas être totalitaire. Son adversaire est nécessairement un scélérat, à « *canceler* » de toute urgence.

*

Le vendredi 2 septembre 2022, le journal *Le Monde* publiait un grand dossier sur Thomas Mann, à l'occasion de la sortie en France de la biographie romancée que lui avait consacrée l'écrivain irlandais Colm Toíbín. Le lecteur apprenait que, du fait de la lancinante culpabilité provoquée par son attrait pour de beaux garçons, l'auteur de *La Montagne magique* et du *Docteur Faustus* était « un sujet de prédilection pour les études queer ». Et Colm Toíbín, dans l'interview qui accompagnait ce compte rendu, ajoutait : « En matière d'homosexualité, la vie de Mann demeure un continent englouti. D'où, justement, son importance pour les études gay. Je ne les enseigne pas mais, si je le faisais, Mann serait pour moi un sujet de choix. » L'écrivain perspicace montrerait que le dernier livre de Thomas Mann, *Les Confessions du chevalier d'industrie Félix Krull*, « un imposteur, un individu à la nature extravagante et licencieuse », contenait l'aveu de sa propre imposture. Entre études gay ou études queer, l'idée de lire Thomas Mann pour ne pas mourir idiot n'a visiblement plus cours. C'est, avec ses conventions, ses préjugés et ses œillères, le passé qui est idiot. Ainsi, l'Occident outrecuidant et moralisateur répudie son patrimoine dans les lieux chargés de le transmettre.

Pour dégonfler la baudruche, des universitaires américains et britanniques ont fait paraître dans des revues gagnées par le wokisme quelques articles délirants. L'un d'entre eux portait sur « la culture du viol chez les chiens dans les parcs canins à San Francisco ». Un autre préconisait de développer le « *fat body building* » afin de dénoncer les préjugés grossophobes. Un troisième proposait que les étudiants blancs n'aient pas le droit de prendre la parole en classe ou même qu'ils soient assis au fond enchaînés, ce qui leur permettrait de prendre conscience du sort des esclaves et de la nécessité de payer des réparations à leurs descendants. Il n'est pas sûr cependant que le canular tue. Les éveillés, en effet, ont une réponse toute prête. Les défenseurs de l'ordre établi, affirment-ils, se jettent avidement sur ces excès anecdotiques pour provoquer une panique morale et discréditer l'émancipation. *Woke*, écrit François Cusset, est « le nom d'un fantasme réactionnaire ». Ainsi, le wokisme se répand jusque dans la grande presse en jurant ses grands dieux qu'il est l'invention malveillante de ceux qui osent encore s'opposer à son règne.

À l'orée du XXIe siècle, Philip Roth a publié *La Tache*, magnifique roman dont le héros est Coleman Silk, Noir à la peau claire qui se fait passer pour blanc afin d'être lui-même, seulement lui-même, et d'échapper à la tyrannie de l'appartenance. Que se passerait-il si ce livre devait paraître maintenant ? Les passages offensants ne seraient-ils pas censurés par les *sensitivity readers* de son éditeur ? Et s'il parvenait à franchir cet obstacle, n'accuserait-on pas Philip Roth de s'être emparé sans permission de la culture et de l'expérience, des traditions et des tourments, d'une personne de couleur ? Cette appropriation ne serait-elle pas jugée sacrilège ? Le *New York Times* et le *Washington Post*, ces *Pravda* qui sont à elles-mêmes leur propre Kremlin, ne dénonceraient-ils pas ce scandale ? Les étudiants et les professeurs de Berkeley, de Yale ou de Columbia resteraient-ils les bras croisés ? Non sans doute, et l'on peut même parier que les grandes firmes multinationales se joindraient à la protestation. Car ce n'est pas seulement le monde intellectuel qui se veut éveillé, c'est le capitalisme : c'est Dior avec son tee-shirt hors de prix, « *We should all be feminist* », fièrement porté par Penelope Cruz dans un film de Pedro Almodovar ;

c’est le fabricant de jouets Lego qui décide de ne plus faire de publicité pour ses figures de policier ; c’est L’Oréal qui supprime les mots « blanc, blanchissement, clair » de ses produits ; c’est Starbucks qui a créé pour ses employés son propre tee-shirt (vêtement décidément très politique) « *Black Lives Matter* » ; c’est Mattel qui commande un *blockbuster* féministe à la cinéaste Greta Gerwig pour relancer les ventes de sa poupée Barbie et redresser son cours de Bourse ; c’est la vice-présidente de Disney qui se présente comme « mère de deux enfants queer, un enfant transgenre et un enfant pansexuel », et qui demande à ses équipes « beaucoup, beaucoup, beaucoup de personnes LGBTQIA+ dans nos films » ; c’est la même firme qui supprime le baiser « non consenti » de Blanche-Neige ; c’est Robin DiAngelo, formatrice en diversité, qui apprend aux employés de Coca-Cola à être moins blancs, c’est-à-dire moins tyranniques et sûrs d’eux-mêmes ; c’est la maison Louboutin toute fière de signer un partenariat avec Assa Traoré, la sœur d’Adama, mort peu après son arrestation par des gendarmes, et à qui elle veut rendre justice en dénonçant le « racisme d’État ». « Nous aimons voir porter nos chaussures par des personnalités qui incarnent nos valeurs », fait triomphalement savoir la communication de la marque. Ainsi le wokisme met tout le monde d’accord. Ceux qui hier encore se regardaient en chiens de faïence joignent aujourd’hui leurs forces et servent ardemment la même cause : l'université, l'entreprise, le spectacle et le journalisme vigilant sont, pour la première fois, réunis sous la bannière de la lutte contre les discriminations. Et ce n'est qu'un début : le changement démographique aidant, cette lutte va s'installer durablement parmi nous. La société inclusive, en effet, n'est pas une mince affaire mais une œuvre de longue haleine, un programme semé d'obstacles, un idéal qui demandera beaucoup de temps et d'acharnement pour voir effectivement le jour.

L'homme moderne pensait, avec Diderot, que « le temps voit tout ». Il ne comptait plus sur Dieu mais sur la postérité pour reconnaître les siens. Je me demande si cette espérance nous est encore permise. Peut-on croire que la fièvre est passagère et que la clairvoyance retrouvera un jour ses droits ? L'illusion communiste s'est fracassée sur les horreurs du socialisme réel, mais y aura-t-il jamais une épreuve de vérité pour l'idéologie woke ? Le présent redeviendra-t-il modeste ? Notre monde sortira-t-il du dogmatisme et du narcissisme qui l'aveuglent ? Se réveille-t-on d'un éveil ? Et si, comme c'est déjà le cas aux États-Unis, le réveil se produit sous la forme d'une grande vague d'anti-intellectualisme, serons-nous pris en tenaille par deux atteintes à la bienséance ou à la décence commune aussi dévastatrices l'une que l'autre ?

7

« La France vient du fond des âges. Elle vit. Les siècles l'appellent. Mais elle demeure elle-même au long du temps. Ses limites peuvent se modifier sans que changent le relief, le climat, les fleuves, les mers qui la marquent indéfiniment. Y habitent des peuples qu'étreignent, au cours de l'Histoire, les épreuves les plus diverses, mais que la nature des choses, utilisée par la politique, pétrit sans cesse en une seule nation. Celle-ci a embrassé de nombreuses générations. Elle en comprend actuellement plusieurs. Elle en enfantera beaucoup d'autres. Mais, de par la géographie du pays qui est le sien, de par le génie des races qui la composent, de par les voisinages qui l'entourent, elle revêt un caractère constant qui fait dépendre de leurs pères les Français de chaque époque et les engage pour leurs descendants. »

CHARLES DE GAULLE

Au printemps 2022, ceux qui assument la lourde tâche d'enseigner l'histoire en France ont eu très peur. Qualifiée, pour la deuxième fois consécutive, au second tour de l'élection présidentielle, la candidate du Rassemblement national avait, en effet, indiqué dans son programme que l'École devait être le vecteur d'une transmission de l'histoire de France et du patrimoine. Sollicité par le journal *Le Monde*, Florent Ternisien, enseignant à Bondy, en Seine-Saint-Denis, avait dit son inquiétude : « Le roman national, c'est la négation de ce qu'on fait tous les jours en classe. » Même son de cloche chez Stéphane Rio, professeur au lycée Saint-Charles à Marseille. Cette prétendue histoire de France, c'est « une histoire rêvée, légendaire, qui n'a pas existé, dans laquelle on enseigne le baptême de Clovis comme un événement fondateur alors que ça n'a historiquement aucun sens ». Avec eux, la grande majorité des maîtres était prête à désobéir et à se mettre courageusement hors la loi au cas où l'extrême droite arrivant au pouvoir s'aviserait de faire ce qu'elle avait annoncé. « Si on m'oblige à enseigner le roman national, c'est bien simple, je ne m'y plierai pas, prévient Sandrine Dolinger, enseignante de CM2 à Marseille. Je continuerai à faire mon truc dans mon coin et je pense que beaucoup d'enseignants feront de même. »

La France a échappé au pire. Le cauchemar a été évité. Les professeurs respirent : ils n'ont pas eu besoin de choisir la clandestinité et d'entrer en résistance contre… Jules Ferry. Comme le rappelle Mona Ozouf, le fondateur de l'École républicaine était « intimement convaincu de la continuité de la France dont l'histoire vient de bien plus loin que la Révolution française, pleinement conscient de la puissance vitale du passé ; ennemi déclaré, en conséquence, de l'illusion révolutionnaire de la table rase et de la création d'un monde refait à neuf ». Il ne voulait surtout pas qu'on enseignât aux enfants qu'avant 1789 « il n'y avait rien que des tristesses, rien que des misères, rien que des hontes ». Les petits Français devaient, par l'École, pouvoir hériter de leur histoire tout entière. Et dans cette histoire, le baptême de Clovis jouait un rôle primordial. Cet événement préparait la fusion des Francs et des Gallo-Romains et marquait solennellement le refus du système où le roi était tout ensemble chef temporel et chef religieux. Dans le sillage de Jules Ferry, il y a eu Ernest Lavisse et ces pédagogues de la conscience nationale qu'ont été longtemps les historiens. Que s'est-il donc passé ? Pourquoi, du Collège de France au collège unique, des professeurs d'histoire s'acharnent-ils maintenant à faire place nette ? Comment expliquer ce revirement ? D'où vient cette hostilité massive à l'idée même de filiation historique ? D'un événement et d'un homme. Entre Jules Ferry et nous s'interpose le képi à feuilles de chêne du maréchal Pétain. Pétain : Travail, Famille, Patrie. Pétain : la révolution nationale. Pétain : le retour à la terre, l'invocation de la France éternelle, l'amour des racines et des ancêtres, la divine surprise de Maurras. Pétain : le combat contre le péril juif ainsi défini en 1937 par Jouhandeau : « Qui n'admettra avec moi tout l'odieux pour les élèves français de se voir enseigner le français ou l'histoire de leur pays par des métèques et, devenus candidats, de se trouver neuf fois sur dix à la Sorbonne ou au Conservatoire, les jours de concours ou d'examens, en face d'examinateurs sémites. J'allais dire simiesques. Simiesques, le mot convient parfaitement. » Pétain : la rafle du Vél' d'Hiv effectuée les 16 et 17 juillet 1942 par la police française. Selon les mots de Jacques Chirac, en 1995, « la France, ce jour-là, accomplissait l'irréparable ». La France et non l'État français. Comme l'a dit Serge Klarsfeld, l'inspirateur du discours présidentiel, « c'était ça la rupture ». Après des années de tergiversations et de faux-fuyants, la nation endossait enfin sa responsabilité. Elle ne se cachait plus derrière le grand coupable. Les successeurs de Chirac n'ont pas voulu être en reste. Pour marquer les esprits, ils ont même fait de la surenchère. La grande cérémonie mémorielle est devenue un concours de saut à la perche. C'était à qui se montrerait le plus contrit, le plus repentant, le plus implacable. Dans l'allocution d'Emmanuel Macron, le 16 juillet 2017, les nazis sont purement et simplement effacés, l'Occupation n'existe plus. Ce n'est pas le général SS Carl Oberg qui a exigé officiellement la livraison de quarante mille Juifs en âge de travailler. Le gouvernement de Vichy semble avoir agi de sa propre initiative. La participation française à la politique d'extermination est le fait d'une pathologie endogène déjà présente sous la Troisième République et qui attendait le moment de se donner libre cours. Pour le dire dans la langue flamboyante de Bernard-Henri Lévy, la France ne s'est pas rendue coupable d'intelligence avec l'ennemi, mais « d'intelligence avec soi-même », « d'une copulation avec ses traditions les mieux enfouies ». Que faire, dès lors, pour empêcher la résurgence de ce nationalisme criminel sinon déconstruire sans relâche la légende mortifère du roman national, refuser au profit des valeurs incorporelles de la République toute sacralisation et toute substantialisation de la France, ne reconnaître en guise de patriotisme que l'allégeance à la patrie des droits de l'Homme ? Ainsi seulement le passé sera dépassé et les vieux démons mis hors d'état de nuire.

Cet antipétainisme est pétri des meilleures intentions politiques et morales. Mais est-il pertinent ? Rend-il compte fidèlement de l'époque qu'il veut sortir du placard pour en conjurer le retour ? Le 17 juin 1940, le jour même où le maréchal Pétain faisait don de sa personne à la France, Edmond Michelet glissait dans les boîtes aux lettres de Brive le premier tract de la Résistance. C'était un texte de Péguy : « Celui qui défend la France est toujours celui qui défend le royaume de France, celui qui ne rend pas une place peut être tout républicain qu'il voudra et tout laïc qu'il voudra. J'accorde même qu'il soit libre penseur. Il n'en sera pas moins petit cousin de Jeanne d'Arc. » Les résistants de la première heure s'inscrivaient dans une longue lignée française. Loin d'abolir tous les lieux, d'oublier tous les temps, de faire fi de toutes les circonstances, ils agissaient en héritiers et par amour d'une histoire. André Suarès, quelques mois auparavant, avait posé les termes de l'alternative : « Ou l'on tient à la nation et le sentiment national exige qu'on se défende ; ou l'on ne tient ni au sol natal, ni à la langue, ni à l'œuvre de vingt siècles, ni à tant de beautés, de vertus, de créations originales, qu'on ose alors le dire et que l'on consente à livrer la nation aux ennemis qui veulent la détruire. Voilà du moins qui sera net, sincère, sans fausse raison ni équivoque. On aura confessé par là qu'on est étranger au pays où l'on vit et on l'est en effet. »

Le pathos de la révolution nationale ne doit donc pas nous égarer. Le nationalisme ne s'est pas enflammé en 1940, il s'est effondré sans crier gare. Pétain a recouvert du manteau de la France éternelle la livraison de la France à la puissance qui voulait l'asservir. La fatigue l'a emporté sur toute autre considération. Après la terrible hécatombe de la Grande Guerre, l'énergie manquait pour continuer à faire valoir l'héritage qu'on avait reçu. Ce fardeau trop lourd à porter a été déposé aux pieds du vainqueur. Écoutons Simone Weil : « Les Français n'avaient pas autre chose que la France à qui être fidèles. Mais quand ils l'abandonnèrent pour un moment en juin 1940, on vit combien peut être hideux et pitoyable le spectacle d'un peuple qui n'est lié à rien par aucune fidélité. » Ce n'est donc pas l'exaltation de l'identité nationale qui caractérise l'esprit de la collaboration, c'est son abandon en rase campagne. Et si culte il y eut, ce fut celui du fait accompli. « Je n'estime que les opinions politiques de l'histoire, disait Chardonne, et d'avance j'applaudis à l'événement dont je pâtirai s'il a l'autorité de l'ouragan. » Les collaborateurs ne cultivaient pas la nostalgie ou le passéisme. Ils regardaient devant eux. Ils célébraient l'avenir. Ils s'inclinaient respectueusement devant ce qui leur apparaissait comme le sens de l'histoire. Séduits par la propagande en faveur des grands espaces, ces ardents Européens dénonçaient l'anachronisme des États-nations. « La France est devenue un élément d'un ensemble plus vaste », écrivait Alfred Fabre-Luce, et, prophète du monde nouveau, il s'enchantait de voir son vieux pays fatigué intégrer la toute jeune et dynamique Europe allemande.

Sous le nom de devoir de mémoire, le mal absolu, on l'a vu dans les chapitres précédents, occupe le champ entier du souvenir. Mais force est de le constater : cette mémoire impérieuse qui oublie tout ce qui n'est pas crime rate aussi le crime lui-même. Elle en parle sans cesse et elle ne sait pas de quoi elle parle. Elle ignore superbement la réalité qui l'obsède. Elle est aveugle à cela même dont elle ne veut pas détourner les yeux. Elle réfléchit à la signification du pétainisme, elle en pourchasse les vestiges, elle en démasque les nouvelles figures, elle s'inquiète de ses multiples avatars, et elle se révèle incapable de faire la différence entre Pétain et de Gaulle. Elle attribue au premier les principes invoqués par le second dès le 18 juin 1940. Elle flaire une odeur de moisi dans la permanence dont se réclame de Gaulle tout comme dans l'émotion éprouvée par Marc Bloch au souvenir du sacre de Reims et au récit de la fête de la Fédération. Quand elle dresse un réquisitoire contre le régime de Vichy, c'est, sans s'en rendre compte, la geste de la France libre qu'elle poursuit de sa vindicte post-nationale. Drumont ayant affirmé qu'on ne s'improvise pas patriote, « qu'on l'est dans le sang, dans les moelles », et Jouhandeau s'étant scandalisé, deux ans avant l'apocalypse, de voir des métèques enseigner le français ou l'histoire, la morale d'après Auschwitz a frappé l'hérédité d'un discrédit définitif. Rien n'est déjà là. Rien n'est donné. Rien ne doit pouvoir être imputé à l'origine, à l'ascendance, à l'inscription dans le temps. Dans une société exclusivement composée d'individus, seuls comptent les droits et les valeurs, le temps ne fait rien à l'affaire.

Je suis heureux et reconnaissant d'être le citoyen d'une nation à laquelle, comme dit Levinas, « on peut s'attacher par le cœur et par l'esprit aussi fortement que par les racines », mais j'aime aussi qu'il y ait des Français plus anciennement français que moi, des Français jusqu'au bout des ongles, des Français de souche, comme il ne faut surtout plus dire. Et le Juif que je suis se retrouve aujourd'hui dans une position singulière. C'est pour moi, c'est en raison de l'immense malheur dont je suis l'héritier, que la continuité générationnelle a été marquée au fer rouge. Or les Juifs forment « une communauté de sang », comme le rappelle Franz Rosenzweig dans *L'Étoile de la Rédemption* : « Alors que toute autre communauté qui prétend à une éternité doit prendre des dispositions pour transmettre le flambeau du présent à l'avenir, la communauté de sang seule peut se passer de tels dispositifs de transmission ; elle n'a pas besoin de se torturer l'esprit ; dans le corps, elle se perpétue naturellement, elle possède l'assurance de son éternité. » Les Juifs incarnent donc tout ce que le discours officiel sur la Shoah exècre. Le jour viendra où ils apparaîtront comme les derniers nazis sur terre. La boucle alors sera bouclée. Le devoir de mémoire aura achevé son parcours.

8

« Pendant de nombreuses années, j'ai considéré que la réponse à la question : "Qui êtes-vous ?" était : une Juive. Seule cette réponse tenait compte de la réalité de la persécution. »

HANNAH ARENDT

Il est des circonstances, en effet, où *qui* l'on est ne peut se distinguer de *ce que* l'on est. L'intégrité morale commande au sujet d'abandonner ses prérogatives. L'honneur ordonne de s'oublier et de ne laisser parler que l'appartenance. Sauf à mentir ou à trahir, le *je* se doit de représenter le *nous*. La biographie personnelle est absorbée dans la communauté de destin. Non pas l'unique Hannah Arendt donc, non pas la singularité de l'être insubstituable, mais l'article indéfini : une Juive comme les autres, parmi d'autres, sans qualité particulière.

J'ai cru longtemps que je me trouvais dans la même situation. Avant même que l'on me pose la moindre question, je répondais « un Juif » à qui voulait ou ne voulait pas l'entendre. Enfant de rescapés, je m'appliquais à mettre mes pas dans les leurs et, les poings serrés, prêt à bondir, je me faisais fort d'assumer toutes les conséquences de cette déclaration fracassante. Les conséquences tardant à venir, j'ai fini par me rendre compte que j'étais protégé de tout péril par le cataclysme dont je me voulais l'héritier. « *Schver tsu zayn ayid* (c'est dur d'être un juif) », disait-on dans la langue de mes pères. Mais pour moi, ce n'était pas dur, c'était gratifiant. Ce donné ne pesait pas sur moi comme une malédiction, il m'élevait, sans que rien m'arrivât, au-dessus du commun des mortels. Je ne lui sacrifiais pas mon être, il me conférait frauduleusement un surcroît d'être. En me montrant dans toute la vérité de ma condition, j'abusais les autres et moi-même. Je me voulais authentique et je découvrais, dur réveil, que j'étais en toc. Aussi frimeur que sincère, aussi cabotin que combatif, j'usurpais l'identité que je me faisais un devoir de perpétuer. M'assumer, c'était me costumer. Tomber le masque, c'était opter pour le simulacre. Je n'obéissais pas à la voix prescriptive d'Auschwitz, je m'appropriais Auschwitz, je m'emparais sans vergogne de ce qui devait rester intouchable. Je fanfaronnais quand je croyais parler sans fard. Bref, je jouais un rôle.

Je n'étais pas le seul. La plupart des Juifs et même des jeunes gens de mon âge faisaient la même chose. Nous autres enfants de l'après-guerre, nous espérions gagner notre droit d'être en mimant éperdument les combats ou les épreuves de nos aînés. Nous appartenions, comme le dit Régis Debray, à « une génération de série B, condamnée par un blanc de l'Histoire au pastiche des destins hors série qui nous avaient précédés ». C'est la seule excuse que je trouve au « CRS-SS » dérisoire et sacrilège de Mai 68. Résistants ou Juifs allemands, il nous fallait nous montrer à la hauteur. Nous endossions les défroques du héros ou du persécuté pour donner un sens à nos vies désespérément ordinaires. Vieillir, ce fut donc, pour moi, faire *mes adieux à la scène*. Somnambule impénitent, supplicié chimérique, paria de pacotille, bovaryste envoûté par les récits des terribles épreuves, je m'étais pris pour un autre. Après cette longue orgie, j'ai rangé au placard mon habit de lumière – le pyjama rayé – non pour cesser d'être juif, mais pour essayer de l'être modestement. Je ne voulais certes pas rompre le lien, je voulais arrêter de me pousser du col et ne plus me tromper d'époque. Être à l'heure, la seule exactitude.

Dans *Mes morts*, Thomas Stern raconte un souvenir des événements de 68. Il était alors militant et il hébergeait les travailleurs immigrés. Ceux-ci parlaient un français approximatif, mais il fallait faire sans tarder leur éducation révolutionnaire. Thomas Stern leur tint donc ce langage : « Patrons, pan pan », puis : « Capitalistes, pan pan ». Un des ouvriers enchaîna tout naturellement : « Juifs, pan pan ». Ainsi prit fin l'expérience militante de Thomas Stern.

En 1969, Robert Linhart, normalien maoïste, qui s'était établi (comme on disait alors) dans l'usine Citroën de Choisy, eut un échange bouleversant et sans lendemain avec Ali, ouvrier à la chaîne marocain :

« À quelque chose que je lui dis ou lui demande (de quoi s'agissait-il ? d'une nourriture, ou de quelque chose à fumer, je ne sais plus), il répond vivement :

"Non, je ne fais jamais ça, c'est 'juif'.

Moi : Comment ça, c'est "juif" ?

Lui : Ça veut dire : c'est pas bien, il faut pas le faire.

Moi : Mais non, "juif", c'est un peuple, une religion.

Lui : Non, non. "Juif", c'est l'envers des autres. On dit "juif" pour dire que c'est pas comme il faut.

Moi : Mais il y a une langue juive...

Lui : Une langue juive ? Non ! Non !

Moi : Si, elle s'appelle l'hébreu.

Lui : Non, écrire "juif", c'est écrire l'arabe à l'envers. C'est écrit pareil, mais dans l'autre sens.

Je m'arrête.

"Écoute Ali, je sais ce que je dis, je suis juif moi-même."

Et lui, sans se démonter, avec un hochement de tête indulgent et presque une ébauche de sourire :

"Mais tu peux pas être juif. Toi, tu es bien. Juif, ça veut dire quand c'est pas bien." »

En 2004, une équipe d'inspecteurs généraux fut chargée par le ministère de l'Éducation nationale de faire un rapport sur les signes et manifestations d'appartenance religieuse dans les établissements scolaires français. Interrogeant un groupe d'enseignants d'un lycée qui évoquaient le départ de leurs élèves juifs, le doyen de l'inspection leur demanda ce qu'ils en pensaient et leur avis sur la cause de ces départs : « C'est bien simple, lui fut-il répondu, ils n'ont pas été assez nombreux pour se défendre. »

Un peu moins de quarante ans se sont écoulés entre la stupeur de l'établi et l'accablement de l'inspecteur. Ces quelques décennies ont suffi pour que l'exception se banalise. Ali, depuis que nous avons changé de siècle et de millénaire, n'est plus un cas, c'est un phénomène majoritaire dans les cours d'école et les halls d'immeuble, de ce qu'on appelle, pour masquer l'impuissance de l'État, « les quartiers de reconquête républicaine ». Ce qui n'existait qu'à bas bruit quand je guettais, le doigt sur la gâchette, le retour des vieux démons ; ce qui était inaudible et invisible quand nous étions tous des Juifs allemands bat maintenant son plein et se déploie en pleine lumière.

Mais l'intelligentsia progressiste a la tête ailleurs. Elle ne voit pas ce qui saute aux yeux. Elle reste sourde aux imprécations d'Ali. Elle classe, quand elle consent à les entendre, les « Juifs pan pan » dans la rubrique des faits divers. Serait-elle judéophobe ? En aucun cas. Elle a simplement changé de Juifs. Les Juifs d'aujourd'hui, pour elle, ce sont les Arabes ou, plus précisément, les Musulmans. L'islamophobie, à l'en croire, prend le relais de l'antisémitisme. Suivant attentivement les métamorphoses de l'Autre, les doctrinaires et les militants de la gauche en marche transfèrent leur sympathie sur sa figure actuelle. Selon le journaliste Claude Askolovitch, qui a mis sa plume au service des nouveaux mal-aimés, « l'islamophobie contemporaine – ethnique ou culturelle – est une réinvention. Elle a la saveur édulcorée mais tenace des philippiques de Maurras contre les Juifs ». Poursuivant l'analogie, un internaute écrit dans l'espace de libre expression du site *Mediapart* : « Les Juifs ne sont plus des parias, mais les peuples parias existent encore. Il s'agit au Proche-Orient du peuple palestinien et, en France, des musulmans et musulmanes dont on traque épouvantablement foulards et robes trop longues [...]. La fidélité à la mémoire du *shtetl* et du *Yiddishland* passe par la défense des musulmanes tracassées par la laïcité guerrière de la République. » Les dissidents du *Yiddishland* qui, prenant le contre-pied de cet argument, s'inquiètent de la montée du communautarisme sont accusés de trahir leurs aïeux et de passer, avec armes et bagages, dans le camp des persécuteurs. Les sociologues Luc Boltanski et Arnaud Esquerre constatent, horrifiés, « la présence de thèmes traditionalistes et nationalistes issus de la rhétorique d'Action française dans la bouche d'intellectuels et d'éditorialistes qui auraient autrefois été dénoncés par la même Action française en tant que Juifs ». Ainsi Maurras, l'antidreyfusard le plus méthodique et le plus acharné, revit là où on l'attendait le moins : parmi les coreligionnaires du prisonnier de l'île du Diable. L'auteur de *L'Avenir de l'intelligence* affublait Léon Blum du patronyme de Karfunkelstein pour mieux marquer son inquiétante étrangeté. Ce sont maintenant, disent les plus progressistes des progressistes, des Karfunkelstein qui s'en prennent aux nouveaux Français.

J'ai longtemps arboré imaginairement l'étoile jaune. Je ne le fais plus. Je suis devenu sobre. Je m'habille sans ostentation, je ne porte aucune médaille. Et voici qu'on m'enrôle dans l'armée des camelots du roi et qu'on épingle sur ma poitrine l'étoile de David. David, c'est-à-dire, en l'occurrence, Goliath : la suprématie militaire, la volonté de conquête, l'arrogance de la force. Non seulement, en effet, je contribue, par ma critique de l'islam, aux discriminations du temps présent, mais je soutiens inconditionnellement un État persécuteur. La gauche de gauche ne fait pas dans la dentelle. Elle traite la nuance comme une faiblesse ou une ruse et la pluralité comme un trompe-l'œil. Pour elle, les Israéliens et leurs sympathisants diasporiques sont passés dans le mauvais camp, de l'autre côté de la barricade. Ils ont changé de statut, de position, d'identité. Juifs hier encore, ce sont maintenant des dominants, des puissants, des forts, des Blancs et même, puisqu'ils constituent l'avant-poste de l'impérialisme occidental, des suprémacistes blancs. « En tant qu'Antillais », l'écrivain Raphaël Confiant se considère comme « une victime absolue » et il affirme n'avoir aucune leçon à recevoir des « judéo-droit-de-l'hommistes qui ferment les yeux sur les massacres quotidiens d'enfants palestiniens par les forces armées de l'entité sioniste ». Si la romancière irlandaise Sally Rooney refuse d'être traduite en hébreu, c'est parce qu'elle épouse la cause des demandeurs d'asile. « Dieu les aime », fait-elle dire à l'un des personnages de son roman *Où es-tu, monde admirable ?* Sally Rooney a le cœur sur la main, et se porte au secours de tous les *sans* (sans État, sans papiers, sans défense). Habitée par la même sollicitude et par la même révolte, Annie Ernaux, notre dernier Prix Nobel de littérature, pétitionne en faveur d'Houria Bouteldja, la fondatrice des Indigènes de la République, qui, après la tuerie devant l'école Ozar Hatorah, proclame fièrement : « Mohammed Merah, c'est moi », qui se fait photographier tout sourire à côté d'un panneau où il est écrit : « Les sionistes au goulag » et qui reproche à Sartre de n'avoir pas su poursuivre sa critique du colonialisme en écrivant : « Abattre un Israélien, c'est faire d'une pierre deux coups. Supprimer un oppresseur et un opprimé. Restent un homme mort et un homme libre. » L'auteure des *Années*, qui écrit, nous dit-elle, pour venger sa race et qui aime à se définir comme « une immigrée de l'intérieur », n'a pas été retenue par la mémoire ou par la mauvaise conscience de prendre la défense d'un député socialiste vivement critiqué pour avoir diffusé une caricature antisémite d'Emmanuel Macron. C'est en toute bonne conscience également, c'est par refus de s'accommoder de la misère du monde, qu'elle a appelé au boycott de la saison France-Israël et qu'elle a protesté contre la tenue du concours de l'Eurovision à Tel Aviv. L'obsession qui l'habite est sûre de sa légitimité. Dans les banlieues françaises comme en Palestine, elle a choisi son camp : celui des nouveaux Juifs. Le grand universitaire palestinien Edward Saïd revendiquait explicitement cette qualité : « Je suis le dernier intellectuel juif. Vous n'en connaissez aucun autre. Tous les autres intellectuels juifs sont maintenant des bourgeois respectables, depuis Amos Oz jusqu'à ces gens aux États-Unis. Pour le dire autrement : je suis un Palestinien juif. »

Que les choses soient claires. On ne saurait tirer prétexte de ce retournement du signifiant juif contre les Juifs pour soustraire la politique israélienne à la critique. Depuis près d'un demi-siècle, je plaide inlassablement pour un compromis territorial car je pense, avec David Grossman et tant d'autres, qu'Israël doit « se délivrer lui-même de cette maudite occupation ». Je ne me résigne ni à ce que les Palestiniens subissent la loi d'une autre nation ni à ce que les Juifs deviennent minoritaires dans le pays qu'ils ont créé pour être en majorité. Comme j'ai déjà eu l'occasion de le dire, nul n'a mieux formulé les choses que le grand historien J. L. Talmon, dès 1980, dans une lettre ouverte au Premier ministre de l'époque, Menahem Begin : « De nos jours, le seul moyen d'aboutir à une coexistence entre les peuples est, bien que cela puisse paraître ironique et décevant, de les séparer. » Voilà pourquoi, en dépit de l'extraordinaire percée diplomatique que constituent les accords d'Abraham passés avec plusieurs États arabes, la radicalisation du gouvernement d'Israël m'inquiète au plus haut point. *Inquiétude* est d'ailleurs un mot faible. Je me sens concerné et même compromis par la politique israélienne. Lorsque les représentants du sionisme religieux qui font partie de la coalition gouvernementale veulent donner une réponse juive aux attentats en légalisant des implantations sauvages en Cisjordanie ou en appelant à la destruction d'un village palestinien, cela me met très en colère, mais pas seulement : *j'ai honte*. Le détachement critique m'est interdit, je ne connaîtrai jamais le confort de l'extériorité. Ces voyous messianiques et moi, c'est la même généalogie, la même histoire, le même peuple. Je suis partie prenante. Je suis révolté et je suis atteint. Il y a de la douleur dans mon dégoût, une immense tristesse dans mon indignation. On le voit : j'éprouve pour Israël, cet *Altneuland*, un amour tourmenté.

Les progressistes ne partagent ni cet amour ni ce tourment. Pour eux, Israël n'est pas un État périssable et critiquable, c'est un État malfaisant. Et les élections de 2022 n'ont fait, affirme doctement le journal *Le Monde*, que parachever une évolution qui avait commencé en 1967 avec la guerre des Six Jours. Depuis lors, en effet, Israël a installé un régime d'*apartheid*. Apartheid : le mot n'est pas neutre. Il fait du sionisme le dernier monstre sorti du ventre toujours fécond. Le racisme est le crime inexpiable, comme nous l'a appris l'histoire tragique du XXe siècle, et ce crime, les sionistes l'accomplissent tous les jours. Edgar Morin est formel : « Les Juifs d'Israël, descendants des victimes d'un apartheid nommé ghetto, ghettoïsent les Palestiniens. » Comment s'étonner que ceux-ci réagissent avec une fureur désespérée à la condition qui leur est faite ? « Seul le régime d'apartheid est en faute », ont déclaré des collectifs d'étudiants de Harvard au lendemain des massacres du 7 octobre 2023. Peu importe qu'Israël se soit retiré de Gaza en 2005 et que, dès la fin de l'occupation, le Hamas ait délibérément sacrifié le bien-être de ses administrés à la poursuite implacable du jihad ; peu importe que les Arabes israéliens jouissent des mêmes droits que les Juifs et que toutes les carrières leur soient ouvertes, peu importe que les Palestiniens aient la possibilité de saisir la Cour suprême ; peu importe que les forces vives d'Israël manifestent contre une réforme judiciaire qui, sous couleur de rendre aux élus du peuple un pouvoir confisqué par la magistrature, entend libérer les voyous messianiques de toute entrave ; peu importe que tant de citoyens se mobilisent, comme nulle part ailleurs, pour défendre l'âme de leur nation : l'image du racisme juif exerce un charme d'autant plus puissant qu'elle entre en résonance avec l'antique réquisitoire de l'évêque Marcion contre le particularisme belliqueux du Dieu d'Israël et de son peuple : « Josué a conquis la terre avec violence et cruauté ; mais le Christ interdit toute violence et prêche la miséricorde et la paix. »

Pour la gauche radicale, en outre, cet antisionisme tombe à point nommé. Il lui permet de courtiser, sans gêne ni remords, tous ceux qui pensent que « Juif, c'est l'envers des autres ». Comptant sur ce nouveau peuple pour accéder un jour au pouvoir, elle le flatte jusque dans ses passions les plus redoutables. Cette troisième gauche refuse d'appeler le terrorisme par son nom, et quand un imam marocain est frappé par une mesure d'expulsion pour propagande antisémite, elle crie au scandale, les paroles incriminées n'ayant pas du tout le même sens dans la bouche d'un prédicateur de la religion des faibles que si elles étaient proférées par un représentant obtus de la France moisie.

C'étaient déjà des personnalités ancrées à gauche qui avaient pris la défense de Robert Faurisson, poursuivi en justice pour avoir déclaré à la radio : « Les chambres à gaz hitlériennes et le prétendu génocide des Juifs forment un seul et même mensonge historique qui a permis une gigantesque escroquerie politico-financière dont les principaux bénéficiaires sont l'État d'Israël et le sionisme international. » L'un de ses prestigieux soutiens, l'historien anticolonialiste Vincent Monteil, est allé jusqu'à écrire en 1981 : « Le trop court séjour – si instructif pourtant – que j'ai fait, en 1948, à Jérusalem, comme observateur des Nations unies, m'a convaincu du caractère de plus en plus raciste, terroriste et de type nazi de l'État juif (c'est son nom officiel). À cet égard, la poignée de main que Mitterrand se propose de donner à Begin est aussi indéfendable que celle, autrefois, de Montoire. » Ainsi, Vincent Monteil, ancien résistant, continuait, par le témoignage en faveur de celui qui traitait de menteurs les survivants d'Auschwitz et par la transformation de l'étoile de David en croix gammée, le combat contre Hitler. Les progressistes ne vont pas aussi loin. Ils ne remettent pas en cause l'existence des chambres à gaz. Ils honorent, au contraire, la mémoire des déportés. Ils se souviennent de la rafle du Vél' d'Hiv et de la part prise par le régime de Vichy dans la solution finale. Mais quand le président de la République française se rendra en Israël, ils retrouveront, pour exprimer leur réprobation, les accents de Vincent Monteil, car ils sont convaincus, comme l'était Jean-Luc Godard, que « les Israéliens font aux Arabes ce que les nazis ont fait aux Juifs »[1].

Tel est l'antisémitisme du XXIe siècle : éveillé, immaculé, bien-pensant, humanitaire, à la fois idéaliste et opportuniste, antiraciste et clientéliste, compatissant et calculateur – rien ne l'arrête, car rien ne le culpabilise. Tout en gardant les yeux grands ouverts sur la situation au Moyen-Orient, je réponds donc « un sioniste » à la question « qui êtes-vous ? ». Seule cette réponse prend en compte la réalité non certes de la persécution, mais de la *haine vertueuse*.

1. Le 24 octobre 2023, Emmanuel Macron a rencontré à Jérusalem des dirigeants israéliens. Quelques jours plus tard, des manifestants en colère l'accusaient de complicité de génocide.

9

« Dans les républiques démocratiques, la tyrannie laisse le corps et va droit à l'âme. Le maître n'y dit plus : "Vous penserez comme moi, ou vous mourrez" ; il dit : "Vous êtes libre de ne point penser ainsi que moi ; votre vie, vos biens, tout vous reste : mais de ce jour, vous êtes un étranger parmi nous [...]. Quand vous vous approcherez de vos semblables, ils vous fuiront comme un être impur ; et ceux qui croient à votre innocence, ceux-là mêmes vous abandonneront, car on les fuirait à leur tour. Allez en paix, je vous laisse la vie, mais je vous la laisse pire que la mort." »

ALEXIS DE TOCQUEVILLE

Renaud Camus est l'un des plus grands prosateurs de la langue française. Pourtant, après avoir été publié chez P.O.L et chez Fayard, deux maisons qui ont pignon sur rue, il est chassé de partout et doit désormais s'éditer lui-même. Interdit de séjour dans les médias, frappé d'anathème par les intellectuels de toutes obédiences, mis à l'index par nombre de libraires, harcelé en justice, il est *persona non grata* jusque sur les réseaux sociaux. Pour lui, l'ostracisme démocratique si précisément décrit par Tocqueville fonctionne à plein régime. Pas de raté, pas d'interstice, pas le moindre défaut dans la cuirasse, pas d'aménagement de peine en perspective... Renaud Camus n'est pas le seul maudit, mais aucun écrivain français ne fait l'objet d'une exclusion aussi totale.

Il est déraisonnable, dans ces conditions, de vouloir le réintégrer parmi les vivants de plein droit et de parler de lui sans le vouer aux gémonies. Quand on l'évoque, ne fût-ce qu'en passant, on doit impérativement rappeler qu'il n'appartient pas à l'humanité commune. Celui qui déroge à cette obligation, celui qui s'abstient de cracher au moins métaphoriquement par terre à peine le nom honni a-t-il passé ses lèvres – s'expose à des représailles immédiates. J'en ai fait moi-même l'expérience à la sortie d'une émission de radio matinale où j'avais été invité. Pour avoir cité Renaud Camus incidemment et sans les guillemets attendus de la répulsion viscérale, j'ai été fusillé du regard dans un couloir de Radio France par Anne Berest qui venait présenter *La Carte postale*, le livre qu'elle a consacré aux membres de sa famille déportés à Auschwitz. À peine installée dans le studio et avant de répondre à la première question de son intervieweur, Anne Berest tint absolument à faire une mise au point. Juchée sur son martyrologe, forte de la faiblesse insigne des siens, elle dit, la voix tremblante, la stupeur et l'effroi qu'avait suscités en elle la mention du monstre de nos lettres. Avait-elle ouvert un seul des ouvrages publiés par cet auteur prolifique ? Avait-elle lu *Esthétique de la solitude*, *Buena Vista Park*, *Du sens*, *Les Inhéritiers*, *Éloge du paraître* ou *Vie du chien Horla* ? S'était-elle plongée dans l'immensité du *Journal* ? Non, bien sûr. Elle se serait salie. Et d'ailleurs, avait-on besoin de se coltiner *Mein Kampf* pour savoir à quoi s'en tenir sur Adolf Hitler ?

Ses innombrables non-lecteurs savent deux choses de Renaud Camus. La première, c'est qu'il a critiqué naguère le judéocentrisme d'une émission de France Culture. Délibérément aveugle, par antiracisme, à la montée du nouvel antisémitisme, l'intelligentsia s'est mobilisée avec jubilation contre ce qu'elle espérait être la résurgence de l'ancien. La seconde et la plus lourde charge qui pèse sur lui, c'est d'avoir forgé la notion de *Grand Remplacement*. Invité à en donner la définition, juste avant de n'être plus invité nulle part, il a répondu sans détour. « Oh, c'est très simple : vous avez un peuple et presque d'un seul coup, en une génération, vous avez à sa place un ou plusieurs peuples. Le Grand Remplacement, le changement de peuple, que rend seule possible la Grande Déculturation, est le phénomène le plus considérable de l'histoire de France depuis des siècles, et probablement depuis toujours. » Voilà la quintessence de l'argumentaire néonazi. Voilà la peste brune dernier cri. Voilà la thèse paranoïaque qui suscite l'indignation des meilleurs esprits et qui justifie le déploiement d'un cordon sanitaire autour de Renaud Camus. « Le Grand Remplacement n'est rien d'autre que la doctrine raciste du XXIe siècle », écrit ainsi Edwy Plenel, cofondateur et président du site d'information *Mediapart*. Les idées dont cette doctrine est porteuse « ne sauraient être dissociées des actes qu'elles ont inspirés. Nous ne pouvons faire comme si nous ne savions pas qu'elles sont potentiellement criminelles ».

Mais comment expliquer alors que deux représentantes du camp d'en face, deux impeccables figures de la république des lettres, les romancières Marie Darrieussecq et Léonora Miano, puissent faire entendre en toute tranquillité, et même avec un franc succès, le même son de cloche ? Marie Darrieussecq prévient : « Les habitants des parties inhabitables de la Terre se déplaceront aussi mécaniquement que les marais et il faut faciliter ce déplacement à moins d'une catastrophe globale [...] l'humain du futur sera beige foncé avec des cheveux bruns. » Léonora Miano exhorte les habitants du Vieux Monde à lâcher prise et à prendre acte, sans s'énerver, de l'inéluctable : « Vous avez peur d'être minoritaires culturellement, n'ayez pas peur de quelque chose qui va se passer, l'Europe va muter. Cette mutation peut être effrayante pour certains, mais ils ne seront pas là pour voir l'aboutissement. » Si de tels propos avaient été tenus lors d'une matinale, ni Anne Berest l'écorchée vive, ni les arbitres sentencieux du Bien et du Mal que sont aujourd'hui les animateurs du service public ne se seraient formalisés. Loin de marquer leur réprobation par une diatribe bien sentie, ou, au moins, par une grimace, ils auraient accueilli, en battant des mains, cette bonne nouvelle dérangeante et salutaire. « Vlan dans les dents de la fachosphère ! » auraient-ils pensé, et ils se seraient réjouis de voir célébrer comme un rêve devenu réalité le cauchemar des défenseurs frileux de l'identité nationale. Tout contents d'imaginer les réactionnaires cacochymes blêmir et les petits Blancs bas de plafond éructer devant leur poste, ils auraient salué en Marie Darrieussecq et Léonora Miano les héroïnes sans peur et sans reproche de la France antifranchouillarde et ils auraient donné à leur annonce placide de la révolution en cours la bénédiction du devoir de mémoire. Ainsi, ce n'est pas l'énonciation du Grand Remplacement qui fait de vous un galeux et qui vous condamne à la mort lente, c'est sa dénonciation. Maudissez-le et vous rôtirez en enfer. Chérissez-le et vous serez reçu en grande pompe parmi les Anges. À l'écrivain inconsolable, le supplice éternel des damnés ; aux écrivaines euphoriques l'ovation debout du public éclairé ; à l'un le bannissement, aux autres le ravissement ; à l'un l'annulation, aux autres les prix littéraires.

Pour ma part, je n'emploie jamais l'expression qui a fait de Renaud Camus le pestiféré le plus célèbre de la planète. Ce n'est pas, on peut m'en croire, la prudence qui dicte ce choix, c'est le scrupule. La langue façonne le regard, et Renaud Camus a beau écrire tout à fait sincèrement dans *Du sens* : « Des dizaines de milliers d'immigrés d'origine algérienne, marocaine, malienne, sénégalaise ou camerounaise sont des êtres plus utiles à la communauté nationale française, plus travailleurs, plus honnêtes, plus instruits, plus in-nocents, meilleurs citoyens ou meilleurs hommes ou meilleurs Français qu'un nombre comparable d'indigènes» –, le syntagme «Grand Remplacement» tend à faire de tout Noir ou de tout Arabe croisé dans la rue un soldat, un conquérant, un envahisseur. J'ai eu à ce sujet de vives discussions avec Renaud Camus, dont ses livres portent la trace. Je trouve qu'à force de vouloir s'assurer une vue d'ensemble sur le dispositif qui nous gouverne il ne laisse aucune place à la contingence et en vient à oublier les individus. Il marie, dans ses meilleurs moments, la philosophie et la littérature mais, emporté par ses démonstrations, il délaisse souvent l'intelligence littéraire du monde et bascule dans l'esprit de système. Tout en protestant sans relâche contre le traitement infâme qui lui est réservé, dans l'indifférence et même avec la complicité active d'une grande partie de mes pairs, je lui reproche aussi les acronymes glaçants, les surenchères conceptuelles, l'ivresse théorique qui va jusqu'à l'effacement de la différence entre l'épreuve que nous traversons et l'extermination industrielle, c'est-à-dire le crime le plus monstrueux de l'histoire humaine. L'angoisse devant ce qui arrive le conduit à tenir un discours de plus en plus radical. Mais loin d'alerter les consciences, cette radicalité sème en route ses meilleurs lecteurs, rebute ses plus clairvoyants soutiens et parachève ainsi, en faisant le vide autour de lui, le travail de ses annulateurs. À le voir brûler ses vaisseaux avec une telle constance, on est saisi du sentiment étrange que Renaud Camus, fou d'orgueil autant que de désespoir, fait tout pour ne partager avec personne la place de prophète du monde qui vient.

Je m'efforce d'être lucide et de garder les yeux grands ouverts. Nous ne vivons pas, contrairement à ce que rabâche toute la journée la morale officielle, le retour des années trente du XXe siècle. Ce n'est pas en réaction au « racisme systémique » que dans les quartiers de reconquête républicaine on dit les « Français » voire les « souchiens » pour désigner les Français d'origine française. Les motards qui font des rodéos jusqu'au cœur de nos villes ne sont pas des spécialistes d'une discipline de haute voltige injustement stigmatisée, ils se comportent en nouveaux maîtres des lieux. Et l'on ne pourra pas éternellement ranger dans la rubrique des faits divers les intimidations, les provocations, les agressions et les règlements de comptes dont Marseille, Nice, Avignon, Cavaillon, Nîmes, Valence, Lyon, Grenoble, Toulouse, Bordeaux, Nantes, Rennes, Reims, Limoges et tant d'autres agglomérations sont quotidiennement le théâtre. Victimes ou témoins de ces violences, les autochtones ne sont-ils pas voués soit à baisser la tête, soit, quand ils ont les moyens, à déménager et à aller vivre ailleurs ? Jusqu'à quand niera-t-on l'évidence et continuera-t-on, contre vents et marées, d'imputer à la xénophobie tout conflit avec l'altérité ? Peut-on affirmer encore que les émeutes qui embrasent périodiquement la France sont une réponse aux crimes de la police et à l'abandon de la promesse républicaine dans les cités sensibles ? Je lis ici ou là : « Forcément, les gens se rebellent. » Mais cette explication par le désespoir qu'engendrent l'exclusion et l'exploitation tient-elle la route ? Pourquoi les émeutiers de juin 2023 ont-ils systématiquement ciblé les réalisations de la promesse ? Pourquoi, s'ils sont, comme on a dit, « accablés de problèmes », ont-ils exprimé leur colère en mettant le feu aux solutions ? La haine qui s'est alors donné libre cours, les bibliothèques incendiées, les écoles dévastées, les mairies mises à sac, les razzias, les pillages – tout cela ne témoigne-t-il pas d'une extériorité et d'une hostilité radicales à ce que nous sommes ?

Renaud Camus a donc raison contre les sciences sociales : la dépossession n'est pas un fantasme, c'est une tragédie sans précédent. Si je me refuse néanmoins à utiliser son vocabulaire, c'est que la nouveauté de notre temps consiste non dans le remplacement du peuple, mais dans le morcellement de la nation. Avec la concentration ethnique qui modifie la physionomie d'une quantité croissante de territoires, la France ne s'efface pas, elle se fragmente. Ce qui se profile derrière l'échec patent de l'intégration, c'est le spectre d'une *désintégration* conflictuelle. Sauf pour la raison calculante et pour la passion humanitaire convaincues l'une comme l'autre de l'interchangeabilité des êtres et tablant sur un afflux massif de nouveaux arrivants pour compenser la baisse de la natalité dans une Europe vieillissante, cette évolution est un véritable désastre. Au nom même du vivre-ensemble qu'on invoque pour rendre la situation irréversible, je redoute par-dessus tout le devenir-Liban de la France. Le Liban : « Une société qui n'est jamais arrivée à sortir de sa violence intestine et de la catastrophe endémique », écrit Paul Audi. La France : une société qui emprunte le même chemin. Et, paradoxe terminal, le principe sacré de l'antiracisme sert aujourd'hui de caution morale à ce processus mortel.

Au début de ce siècle, Martine Aubry, la maire de Lille, décide de se rendre dans un secteur réputé difficile, tenu d'une main de fer par l'imam local. Elle y va donc, non sans annoncer sa venue. Et là, une scène stupéfiante se déroule. L'imam l'accueille à la lisière de « son » quartier avec le pain et le sel traditionnels, et lui dit dans un grand sourire : « Bienvenue chez nous ». Soucieuse de préserver la paix civile, l'édile ne réagit pas et fait, sans broncher, le tour du quartier avec son guide.

Être, c'est être remplaçable, nous disent à l'unisson le patronat cynique et la gauche compassionnelle. Je ne cesse de m'étonner de cette convergence et qu'on puisse ignorer aussi superbement les réalités culturelles quand on n'a que le mot « diversité » à la bouche. Mon inquiétude lancinante et ma franche sidération me vaudront-elles d'être, à mon tour, enterré vivant ? C'est le souhait explicite des journalistes qui s'assignent pour mission l'omission quotidienne des faits non conformes à leur grand récit antifasciste et qui dressent périodiquement des listes d'infréquentables. Ayant constaté avec Edwy Plenel que « la liberté de parole est devenue l'alibi de la libération du racisme », ils rêvent de mettre leurs adversaires hors d'état d'empoisonner les cœurs et, pour des raisons de santé publique, ils veulent les jeter dans l'abîme dont Renaud Camus ne reviendra jamais. Mais ils n'ont pas, malgré leur éclatante supériorité éthique, le monopole du discours. Ils doivent (pour combien de temps encore ?) composer. Le monde étant ce qu'il est, imparfait et corrompu, tous les malpensants n'ont pas perdu leur droit à l'humanité.

Si donc, en dépit des infractions au code de la route idéologique que j'ai accumulées depuis le début de ma carrière, la vigilance ne me retire pas mon permis, je continuerai à écrire ce que je vois. Et je ne me cacherai pas de lire, pour penser avec et contre lui, Renaud Camus.

10

« Les femmes… Mais n’êtes-vous pas lasses jusqu’à l’écœurement de ce mot ? Je vous garantis que je le suis, moi. »

VIRGINIA WOOLF

Dans *Une chambre à soi*, Virginia Woolf se demande ce qui serait arrivé si Shakespeare avait eu une sœur merveilleusement douée. Cette jeune fille que Virginia Woolf choisit de prénommer Judith aurait été confinée chez elle pendant que son frère fréquentait une école où on enseignait le latin – Ovide, Virgile, Horace – et les éléments de la grammaire et de la logique. Et Virginia Woolf laisse son imagination de romancière affiner le portrait : « De temps à autre, elle attrapait un livre, un des livres de son frère peut-être, lisait quelques pages. Mais survenaient alors ses parents qui lui disaient de raccommoder des chaussettes ou de surveiller le ragoût et de ne pas perdre son temps avec les livres. Sans doute lui parlaient-ils sévèrement mais avec beaucoup de bonté : car c'étaient des gens pratiques, connaissant la vie d'une femme et aimant leur fille – qui était très vraisemblablement la prunelle des yeux de son père. » Judith rêvait d'emprunter la même voie que William : écrire des pièces et monter sur les planches. Et elle rôdait autour du théâtre, elle se tenait devant l'entrée des artistes. Peine perdue ! Tout le monde se moquait d'elle, et d'abord le directeur. « Un gros homme aux lèvres pendantes ». Pour le dire d'un mot : si une femme au siècle de Shakespeare avait eu le génie de Shakespeare, elle n'aurait jamais pu l'exprimer. Elle n'aurait eu aucun moyen de prendre son envol. Elle était clouée au sol des obligations domestiques. « Une œuvre géniale est presque toujours un exploit d'une prodigieuse difficulté », mais cette difficulté était accrue jusqu'à devenir insurmontable pour les femmes. Trop d'obstacles s'interposaient entre elles et le monde. « Et tout d'abord, il était hors de question qu'elles eussent une pièce personnelle, sans parler d'une pièce tranquille, à l'abri du bruit. » Conclusion délibérément prosaïque de Virginia Woolf : « La liberté intellectuelle dépend de choses matérielles. La poésie dépend de la liberté intellectuelle. Et les femmes ont toujours été pauvres et cela non seulement depuis deux cents ans mais depuis le commencement des temps. Les femmes ont eu moins de libertés intellectuelles que les fils des esclaves athéniens. »

Les temps ont changé. L'Occident s'est arraché à l'évidence du toujours. Les femmes possèdent ce dont les avait privées un ordre que l'on croyait naturel : une chambre, de quoi vivre et du temps pour elles. Malheur à ceux qui continueraient à leur enjoindre de raccommoder les chaussettes et de surveiller le ragoût. Elles divorcent comme elles veulent, quand elles veulent. La maternité n'est plus un destin, mais un choix. Elles peuvent ne pas avoir d'enfants sans être montrées du doigt ou en faire toutes seules et constituer une « famille monoparentale ». La chambre à soi a permis d'en sortir et de prendre une part toujours plus importante à la vie publique. Les obstacles qui empêchaient les femmes d'accéder aux postes de pouvoir et aux professions de prestige ont été levés. Ni la politique, ni la diplomatie, ni la magistrature, ni la haute administration, ni la médecine hospitalière, ni la direction d'entreprise ou de centrale syndicale, ni même le reportage de guerre ne sont plus des chasses gardées masculines. Kipling et Galsworthy qui célébraient sans le moindre embarras les vertus viriles n'ont pas de successeurs. Un abîme nous sépare de l'époque où Jane Austen écrivait dans le salon familial et se dépêchait de cacher le manuscrit d'*Orgueil et Préjugés* quand elle entendait quelqu'un venir. Aucun critique littéraire n'aurait l'idée saugrenue et scandaleuse d'écrire que « les romancières devaient se contenter d'aspirer à la perfection en reconnaissant les limites de leur sexe ».

« On ne sort de l'esclavage que par une grande révolution. Cette révolution est-elle possible ? C'est à vous seules de le dire », écrivait Choderlos de Laclos dans son *Traité sur l'éducation des femmes*. Elles l'ont dit, les actes ont suivi et les résultats sont spectaculaires. Dans la mémoire elle-même, les femmes, par une juste revanche, occupent le devant de la scène. Frida Kahlo touche au cœur, Diego Rivera sort du champ. Et, comme nous l'apprend Régis Debray, le nom de Camille Claudel est porté par huit lycées français, celui de son frère Paul par deux, et celui de son amant Rodin, par un seul. On compte trois lycées Lucie-Aubrac, aucun Raymond. À Argenteuil, un lycée Romain-Rolland a été débaptisé pour prendre le nom de lycée Julie-Daubié, la première femme à avoir obtenu le baccalauréat. Ces signes ne trompent pas : l'hégémonie masculine a vécu, la prépondérance de genre est une chose du passé. À en croire pourtant les féministes qui affichent un poster de Virginia Woolf sur le mur de leur chambre ou dans leur local militant, nous sommes loin, très loin, d'en avoir fini avec le système patriarcal. Les hommes sévissent, les femmes subissent : telle est l'effroyable et universelle réalité soudainement mise au jour par le hashtag MeToo. En octobre 2017, quelques jours après la publication par le *New York Times* d'une enquête sur les accusations de viol et d'agressions sexuelles dont le producteur hollywoodien Harvey Weinstein faisait l'objet, des acteurs, des responsables politiques, des chefs d'entreprise, des journalistes, des universitaires, des sportifs ont été mis en cause par d'innombrables victimes. « Comme des secrets trop longtemps gardés, lit-on dans *Le Monde*, cinq ans plus tard, viols, attouchements, harcèlements, comportements inappropriés ont été publiés, accolés au mot-clef #metoo. » Des femmes de toutes origines et de toutes conditions révélaient que les relations de pouvoir faisaient d'elles des corps à disposition. Leurs voix brisaient le mur du silence et devenaient agissantes. Comme le dit Isabelle Adjani, actrice française et star mondiale : « Elles sortaient de leur cachette intime pour raconter quelque chose jusqu'alors inaudible, irrecevable, tabou qui d'emblée les disqualifiait. » Stupéfait et impressionné par cette déferlante, je l'ai saluée d'abord, et avec les mots de Victor Hugo, comme « l'accès de fureur de la vérité ». J'ai commencé à douter quand j'ai vu se multiplier les procès sans procès et les condamnations sans contradictoire. Philip Roth a formulé très précisément ce malaise : « J'entends les femmes insultées et blessés. Je n'ai que sympathie pour leur douleur et leur besoin de justice. Mais je m'inquiète aussi devant la nature du tribunal qui délibère sur ces accusations. Je m'inquiète parce que de tribunal, on ne voit pas la couleur. Ce que je vois à la place, c'est qu'une accusation publique est aussitôt suivie d'un châtiment péremptoire. Je vois qu'on dénie à l'accusé l'*Habeas Corpus*, le droit de faire face à son accusatrice et de la questionner, enfin le droit de se défendre au sein de ce qui pourrait ressembler à un cadre juridique authentique, où l'on pourrait faire émerger des distinctions précises quant à la gravité du crime dénoncé. » La justice argumente en confrontant le pour et le contre. Dans le cas des agressions sexuelles, nous dit Me Too, cette pratique égalitaire ajoute la malveillance à la maltraitance. La présomption d'innocence transforme subrepticement les plaignantes en présumées menteuses. Pour éviter cette humiliation, le premier et le dernier mot doivent donc leur revenir : « On vous croit. »

Le doute a été confirmé et même aggravé avec l'entrée en scène, c'est-à-dire, en l'occurrence, sur la toile, de la journaliste Sandra Muller. Celle-ci raconte que, lors d'un cocktail arrosé à Cannes, un homme qu'elle ne connaissait pas s'était approché d'elle et lui avait dit sans préambule : « Tu as de gros seins ! Tu es mon type de femme ! Je vais te faire jouir toute la nuit. » Elle donnait le nom du coupable et, sous le hashtag BalanceTonPorc, elle incitait toutes les femmes victimes de harcèlement à l'imiter. Le porc en question s'était arrêté net. Il avait dès le lendemain présenté ses excuses. Mais c'était trop tard : le mal était fait. L'apostrophe avait provoqué chez Sandra Muller « honte, déni, volonté d'oubli, faille spatio-temporelle ».

Ainsi naissait le syntagme de violences sexistes et sexuelles (VSS pour les intimes). Ainsi s'instaurait un continuum entre le regard appuyé, la blague égrillarde, l'allusion salace, la drague lourdingue, la proposition indécente et la pénétration forcée. Ainsi apparaissait en pleine lumière le toboggan du mal qui mène tout droit, et sans qu'on y prenne garde, de l'anodin à l'abominable. Qu'était-ce même que la galanterie sinon, selon la formule cinglante de l'historienne Michelle Perrot, l'art de « dissimuler l'inégalité sous les fleurs » ? « En France, surenchérissait la très combative Isabelle Adjani, il y a les trois G : Galanterie, Grivoiserie, Goujaterie. Glisser de l'une à l'autre jusqu'à la violence en prétextant le jeu de la séduction est l'une des armes de l'arsenal de défense des prédateurs et des harceleurs. » Et ceux d'entre nous qui croyaient admirer en toute innocence les toiles de Botticelli, Fragonard, Ingres, Courbet, Degas, Modigliani ou Picasso étaient renvoyés à leurs turpitudes par Régis Michel, conservateur en chef du musée du Louvre : « L'art d'Occident ne sait parler du sexe que sur un seul mode : la violence. Il vaudrait mieux dire le viol. L'obsession sexuelle de l'art occidental, c'est le viol [...]. De la Renaissance à la modernité, cette iconographie pulsionnelle a persévéré dans son être, sans altération profonde. On dira sans doute que j'exagère. À tort, c'est que l'habitude nous a rendus aveugles. »

Guéris de notre cécité et enfin vigilants, nous ne voyons plus rien de la variété des situations et des caractères. La Maison du pastel propose plus de mille huit cents nuances. L'univers daltonien du néoféminisme et de la déconstruction de l'art occidental connaît seulement la noirceur du mâle blanc et la blancheur immaculée de ses innombrables victimes. Et les victimes en ont plus qu'assez : « Tes mains, je n'en veux pas, ton regard, je n'en veux pas, c'est moi qui décide », proclame un slogan me-tooiste, faisant ainsi du *male gaze* non plus un hommage mais déjà un délit. Faudra-t-il donc baisser les yeux chaque fois qu'on croisera une femme ? Les mots de Baudelaire à la passante inconnue : « Ô toi que j'eusse aimée, ô toi qui le savais », témoignent-ils d'une époque encore barbare ? Nous qui, selon la chercheuse en sciences de l'information et de la communication Warda Khemilat, avons été « biberonnés à la culture du viol » par la représentation séculaire des femmes dans des postures lascives, sommes-nous voués, pour en sortir, à la talibanisation de l'espace public ? « Les femmes commencent à parler, écrit Sandra Muller dans le livre qu'elle a tiré de son épreuve. Se levant une à une comme une armée incandescente, elles dénoncent, prononcent les noms trop longtemps tus. De leur bouche sort un souffle brûlant et ravageur qui peut réduire leurs tortionnaires en cendres. » Quand on dit « les femmes » aujourd'hui, c'est pour mieux nier le pluriel et ne faire entendre qu'une seule et même doléance à toutes les époques et sous toutes les latitudes. L'éternel féminin fait place à l'éternelle exploitée, à la dominée interchangeable qui n'échappe nulle part à l'ordre patriarcal et qui se bat pour son émancipation.

Le 24 avril 2004, l'écrivain Grégoire Bouillier envoya à l'artiste Sophie Calle un mail pour lui annoncer qu'il mettait fin à leur relation. Sans prévenir l'expéditeur, l'artiste soumit cette lettre à cent sept femmes et leur demanda de réagir à sa place. Une anthropologue de renommée mondiale fut sollicitée ainsi que deux philosophes, une philologue, une latiniste, une psychiatre, une criminologue, une experte des droits des femmes à l'ONU, une cruciverbiste, une joueuse d'échecs, une médiatrice familiale, une avocate, trois romancières, quinze actrices, une traductrice en langage SMS, une historienne du XVIIIe siècle, une spécialiste de littérature française contemporaine, une diplomate palestinienne, une exégète talmudique, une physicienne, une consultante en matière de savoir-vivre, une voyante, une scénariste, une réalisatrice de cinéma, une chanteuse de tango, une artiste lyrique, une danseuse étoile de l'Opéra de Paris, une rappeuse, une assistante sociale pénitentiaire, une institutrice en maternelle, une sexologue, une animatrice radio, une tireuse à la carabine, une élève de CM2...

Une seule femme déclina l'offre de Sophie Calle : l'inoubliable interprète de « Les histoires d'amour finissent mal en général », Catherine Ringer. Toutes les autres s'empressèrent de répondre et s'en donnèrent à cœur joie. Toutes affichèrent leur mépris pour l'infidèle et cherchèrent dans sa lettre la preuve de son abjection. Toutes firent assaut de virtuosité herméneutique et dressèrent avec force détails le portrait d'un homme qu'elles n'avaient jamais rencontré de leur vie. Aucune ne détourna les yeux de ce moment intime, brutalement jeté en pâture. La décence commune leur commandait de dire : « Cela ne me regarde pas ! » Mais à l'heure de la lutte, le déballage édifiant tient lieu de décence commune. Ce sont toutes les femmes qui en Sophie Calle étaient humiliées et c'est le mufle, le pervers narcissique qui, en Grégoire Bouillier, rompait unilatéralement le lien. Peu importe ce qui s'est passé réellement entre eux. La spécificité de leur histoire était engloutie dans l'opposition entre deux archétypes : la masculinité toxique et l'amante outragée. Les commentaires savants et indignés ne faisaient jamais que ratifier cette gigantomachie immuable. Sophie Calle a réuni les lettres, les a illustrées par des photographies et elle en a tiré une œuvre exposée avec un immense succès à la Biennale de Venise. Ainsi vont l'art d'après la mort de l'art et l'intelligence de la vie sous le règne de la collectivisation des destins. À peine conquis le droit d'être dissemblables et de vivre à la première personne, les nouvelles féministes choisissent de se fondre dans la forme compacte du nous : *me too*, moi *aussi*. Il n'y a plus d'individus, il n'y a que des échantillons. Les différences sont sacrifiées, le cœur battant, à la satisfaction de s'agglutiner et de faire masse. La singularité des expériences est remplacée par la globalité de la domination et la chambre à soi par l'immense appartement communautaire de la sororité. Le privé est politique et le politique se trouve lui-même réduit à une fable manichéenne. Cette fable ne se laisse pas troubler par les démentis du réel. Aucune objection ne l'atteint. Aucun événement ne chahute son scénario inamovible. Aucune actualité ne la met en difficulté. Elle trace sans vergogne un signe d'égalité entre les régimes théocratiques et nos sociétés libérales. « Femme, Vie, Liberté » : le même mot d'ordre vaut pour l'Iran et l'Occident. Les machos sont nos mollahs et Sandrine Rousseau, la pasionaria de l'écoféminisme, peut exiger sans rire l'inscription dans le droit pénal du délit de non-partage des tâches ménagères. Quand rien n'échappe à l'emprise du politique, rien, en droit, ne peut être soustrait à la curiosité et à l'intervention du pouvoir. Ton regard, on n'en veut pas, mais sache que tu es regardé, scruté, placé dans un état permanent de visibilité et que tes moindres gestes sont passés au crible. La surveillance est exhaustive et omniprésente. Ainsi les meilleures intentions conduisent-elles à l'espionnage généralisé.

Les citoyens d'Europe centrale ont fait l'expérience du panoptisme révolutionnaire. Ils ont été exposés aux pratiques inquisitoriales de *Big Brother*. Ils vivaient, jusqu'à la chute du mur de Berlin, dans des sociétés où les conversations étaient écoutées et le courrier ouvert, où il n'y avait pas de refuge, pas de coin d'ombre, pas de quant-à-soi. D'où leur allergie à la transparence et leur défense intransigeante, épidermique de la vie privée. « Le privé et le public sont deux mondes différents par essence et le respect de cette différence est la condition sine qua non pour qu'un homme puisse vivre en homme libre. Le rideau qui sépare ces deux mondes est intouchable et les arracheurs de rideaux sont des criminels », écrit Milan Kundera. Cela ne signifie évidemment pas qu'à l'abri de la vie privée l'homme peut maltraiter sa conjointe ou la réduire en esclavage. L'égalité des conditions franchit tous les murs, mais pourquoi Sandrine Rousseau choisit-elle d'étaler sur la place publique les griefs d'une ancienne compagne contre le secrétaire national du parti Europe Écologie Les Verts ? Pour le mettre hors jeu et pour qu'elle ou une autre prenne aussitôt la relève. La dénonciation de l'emprise exercée sur ses victimes par le trompeur récidiviste sert d'alibi au « pousse-toi de là que je m'y mette » de l'appétit de pouvoir. Par la magie du verbe, la lutte impitoyable pour *les places* est convertie en lutte admirable pour *l'égalité* et les dégagistes aux dents longues se félicitent d'accomplir une œuvre de justice. L'impatience conduit certes à des excès et des têtes tombent qui n'auraient pas dû tomber, reconnaissent les protagonistes de la révolution en cours, mais il faut être une belle âme pour s'en formaliser. C'est le signe, en effet, que le féminisme devient chose sérieuse, qu'il entre dans l'histoire : on ne fait pas d'omelette sans casser des œufs.

À ce dicton, Hannah Arendt avait répondu dans un article intitulé « Les œufs se rebiffent ». Si l'expérience totalitaire avait laissé une empreinte durable dans le monde d'après la chute du mur de Berlin, nul ne prendrait le parti de l'omelette. Tout le monde, quel que soit son camp, veillerait sur l'intégrité des œufs. Mais le XXe siècle n'a pas eu lieu. L'innocence ontologique et le rôle rédempteur naguère assignés au prolétariat sont transférés aux minorités discriminées et d'abord aux femmes. Celles-ci ont, comme de juste, leurs compagnons de route. Toute une brigade de marmitons affairés aide à la confection de l'omelette. Un célèbre éditorialiste de la télévision à l'accent chantant réclame ainsi la condamnation à la mort sociale du député qui a avoué avoir giflé son épouse lors d'une dispute occasionnée par la perspective de leur séparation. Il appelle ce parlementaire « le député gifleur ». *Gifleur*, épithète de qualité. Gifleur, comme on est beau, laid, blond, brun, roux, myope ou chauve. Ce qu'il a fait, en ce moment paroxystique, ne relève pas d'une histoire particulière, mais révèle sa nature profonde. Le prédateur, en lui, a pris les choses en main. La brute épaisse est sortie du bois. Une femme quittée peut certes rendre la vie impossible à celui qui s'en va et même faire une fausse déclaration d'attouchements sexuels sur les enfants, mais la gifle, c'est autre chose : la gifle, c'est la griffe de l'homme barbare. Jamais femme ne gifle, décrète la nouvelle doxa. Et, ajoute-t-elle, qui a giflé, giflera. Qui giflera, tabassera. La baffe appelle la rouste. Une torgnole n'arrive jamais seule. Ce crime n'est pas circonstanciel, il est inhérent et donc inexpiable.

Invitée à la télévision pour parler du livre où elle relate son propre Me Too, une ancienne journaliste s'est émue de la présence des *Nourritures terrestres* sur le bureau en arrière-plan de la photographie officielle du président de la République française. Un pédocriminel se trouvait ainsi non seulement excusé mais consacré et affiché dans toutes les mairies, toutes les préfectures, tous les bâtiments officiels. L'animateur de l'émission littéraire n'a pas bronché. André Gide est aujourd'hui dans le même bateau que Virginia Woolf, Henry James, Marcel Proust ou Nathalie Sarraute, et ce bateau coule. Ce n'est plus à la littérature que revient l'exploration de l'intime, c'est à la politique elle-même conçue sur le modèle de Guignol.

Je vais, sans doute, avec ce chapitre, scandaliser les militantes et les militants d'une cause devenue sacrosainte. Et, ne cherchant jamais à provoquer mais seulement à comprendre, je n'en tire aucune satisfaction. La perspective de la disqualification finale ne m'exalte pas, elle m'effraie. J'aime être aimé, comme tout le monde. Mais je ne suis pas prêt à tout pour y parvenir, et quand le découragement menace, je m'en remets, une fois encore, à Thomas Mann : « Servir son temps, me semble-t-il, ne comporte pas l'absolue nécessité d'emboîter servilement le pas et de hurler avec les loups. » Ni même avec les louves.

11

« L'humour : l'éclair divin qui découvre le monde dans son ambiguïté morale et l'homme dans sa profonde incapacité à juger les autres ; l'humour : l'ivresse de la relativité des choses humaines ; le plaisir étrange issu de la certitude qu'il n'y a pas de certitude. »

MILAN KUNDERA

Le 16 septembre 2021, il a été question de moi dans l'émission humoristique de la grande radio de service public français : « Par Jupiter ! ». À peine la malicieuse animatrice avait-elle prononcé mon nom que son chroniqueur le plus alerte s'est lancé dans un panégyrique endiablé : « J'adore les antiquités, je suis passionné de diarrhée verbale, je suis fan de dégénérescence mentale. » Empruntée au lexique biologisant de l'ultradroite, cette dernière expression m'a fait sursauter. J'ai réalisé soudain que le rire humoristique n'était pas le tout du rire.

Qu'est-ce qui, spontanément, suscite l'hilarité ? À cette question, Bergson répond par l'exemple d'un homme qui court dans la rue, trébuche et tombe. Bergson dit aussi que la disgrâce ou le handicap physique font rire : « Devient comique toute difformité qu'une personne bien conformée arrive à contrefaire. » Bref, le rire est d'abord un châtiment social qui sanctionne impitoyablement la faiblesse, les anomalies, les excentricités, les dissonances. Hors de la norme, point de salut ! Le premier spasme collectif est le produit du rejet ou de l'allergie. Ne s'en laissant nullement conter par le mythe de l'innocence enfantine, Victor Hugo montre dans l'un de ses plus beaux et profonds poèmes que la laideur du crapaud divertit les écoliers dans le même temps où elle en fait des tortionnaires.

— J'étais enfant, j'étais petit, j'étais cruel ; –
Tout homme sur la terre, où l'âme erre asservie,
Peut commencer ainsi le récit de sa vie.
On a le jeu, l'ivresse et l'aube dans les yeux,
On a sa mère, on est des écoliers joyeux,
De petits hommes gais, respirant l'atmosphère
À pleins poumons, aimés, libres, contents, que faire
Sinon de torturer quelque être malheureux ?
Le crapaud se traînait au fond du chemin creux.
C'était l'heure où des champs les profondeurs s'azurent ;
Fauve, il cherchait la nuit ; les enfants l'aperçurent
Et crièrent : « Tuons ce vilain animal,
Et, puisqu'il est si laid, faisons-lui bien du mal ! »
Et chacun d'eux, riant, – l'enfant rit quand il tue –
Se mit à le piquer d'une branche pointue,
Élargissant le trou de l'œil crevé, blessant
Les blessures, ravis, applaudis du passant ;
Car les passants riaient, et l'ombre sépulcrale
Couvrait ce noir martyr qui n'a pas même un râle,
Et le sang, sang affreux, de toutes parts coulait
Sur ce pauvre être ayant pour crime d'être laid […]

Le rire est le ciment des unanimités meurtrières. Le rire est la marque en nous du péché originel. « Le rire naît de l'idée de sa propre supériorité, idée satanique entre toutes », écrit Baudelaire, et comme le souligne encore Victor Hugo dans son roman *L'Homme qui rit* : « Toutes les exécutions ne se font pas sur les échafauds et les hommes, lorsqu'ils sont réunis, qu'ils soient multitude ou assemblée, ont toujours au milieu d'eux un bourreau tout prêt : le sarcasme. » N'oublions jamais que les nazis ont ri à gorge déployée du début à la fin de la solution finale. La persécution des Juifs les mettait en joie. Ils s'esclaffaient en coupant les barbes et les papillotes des habitants du ghetto. À Berditchev, nous apprend Vassili Grossman, ils organisèrent, en guise de mises à mort, des championnats comiques. Ils capturèrent ainsi quelques centaines de femmes, les menèrent au bord de la rivière, les forcèrent à se déshabiller et promirent à celles qui atteindraient l'autre rive, à la nage, qu'elles auraient la vie sauve. La plupart se noyèrent. Les survivantes furent obligées de faire sur-le-champ le trajet inverse. Les Allemands se gondolaient, tandis que les malheureuses, épuisées, coulaient à pic les unes après les autres.

Non, décidément l'humour n'est pas une pratique immémoriale. Ce qui ne veut pas dire, soyons clair, que les humoristes d'après l'humour sont les continuateurs des nazis. Ce serait non seulement une facilité coupable, mais un contresens et une calomnie que de pratiquer envers eux la *reductio ad hitlerum*. Antiracistes, antisexistes, révoltés par l'injustice, vent debout contre toutes les discriminations, xénophiles et phobophobes, les joyeux drilles qui peuplent les antennes affichent une moralité exemplaire. Rien d'étranger ne leur est étranger. Jamais on ne les prendrait en flagrant délit de haine ou de mépris de l'Autre. Ils mènent la vie dure aux vieux clichés, ils souffrent avec les exclus, ils s'inquiètent pour la planète, ils sont les contempteurs implacables et inlassables de la domination. Ils défient les puissants, ils conspuent les méchants, ils pourfendent les riches, ils abhorrent les gros porcs, ils houspillent les nostalgiques de tout poil, ils tournent les ronchons en dérision, ils flinguent les beaufs, les tradis, les identitaires, ils fustigent sans discontinuer les inégalités et mettent leur verve au service de l'émancipation. Ils se montrent hospitaliers, ouverts, généreux, fraternels, ils célèbrent les différences et ne conçoivent pas qu'on puisse, sauf à verser dans le sadisme ou à sombrer dans le gâtisme, être et penser différemment. « C'est compliqué de faire de l'humour en étant de droite. Rire des migrants, c'est chaud quand même ! » affirme ingénument l'un d'entre eux. Celui qu'ils appellent le « réac » ou plus trivialement le « salaud » ne trouve rien de plus distrayant que de voir les frêles embarcations sur lesquelles des réfugiés afghans, syriens ou soudanais ont pris place s'abîmer en mer ou s'échouer sur des rivages hostiles. Dans les réjouissances de droite, les oreilles aguerries entendent l'écho du rire de Berditchev. Une telle engeance ne mérite aucun égard. Elle doit être combattue sans ménagement et sans relâche. Quand le Mal absolu refait surface, il faut arrêter de finasser. La civilité n'est plus de mise, on a le devoir d'être grossier et même brutal. Pas de pitié pour les ennemis de la pitié ! C'est sous les auspices de la guerre contre la barbarie que renaît le rire barbare.

Ses promoteurs, traumatisés par l'attentat contre *Charlie Hebdo*, se veulent les héritiers de Charb, de Wolinski et de Cabu. À la moindre critique, ils se drapent dans leur martyre. C'est une imposture. Bien loin d'être des rebelles ou des hérétiques et de combattre le fanatisme avec les armes de la satire, ils font, par leurs railleries et leurs quolibets soigneusement ciblés, la chasse aux déviants. Et la violence terroriste ne les révolte pas, elle les inspire : « Si j'avais une machine à voyager dans le temps, je m'amuserais à louer la salle du Bataclan pour la soirée du 13 novembre et j'organiserais une rencontre entre Éric Zemmour et son public », gloussait, particulièrement remonté, l'un de ces rigolos. Les professionnels de l'insolence sont aujourd'hui le bras armé de la bien-pensance. Ils se flattent de n'avoir aucun tabou, alors même qu'ils punissent férocement toute forme de transgression. Ils rappellent par leur rire veule et grégaire que l'humour n'est pas le propre de l'homme. « C'est dur d'être aimé par des cons », faisait dire Cabu au prophète Mahomet. « C'est dur d'être tympanisé toute la journée par le ricanement de la rectitude politique et d'entendre dire, par surcroît, que ces ricaneurs sont mes successeurs », soupire Voltaire dans le coin du ciel où l'a rejoint Cabu.

Peut-être se souvient-on de la ballade entonnée naguère sur les ondes par le chansonnier iconoclaste Frédéric Fromet :

Jésus, Jésus, Jésus, est pédé
Membre de la LGBT
Du haut de la croix
Pourquoi l'avoir cloué ?
Pourquoi ne pas l'avoir enculé ?

Les protestations ayant fusé de toutes parts, l'amuseur a dû présenter ses excuses : « Ce sketch, je le regrette profondément. Je suis surtout très ennuyé que les associations LGBT se soient senties offensées par le mot *pédé*. J'essaie de l'oublier. » Peu lui importe que les catholiques aient pu se sentir offensés et souffrir dans leur foi en entendant ses insanités. Il est, à l'image de la radio qui l'emploie, *progressiste*. Et qu'est-ce que le progressisme aujourd'hui ? C'est le partage du monde entre vivants de plein droit et scandales vivants. Ces catholiques qui, à l'heure de la procréation médicalement assistée, ont évoqué la loi naturelle pour dire qu'un enfant a besoin d'un père et d'une mère appartiennent évidemment à la seconde catégorie. On ne va tout de même pas s'excuser d'imaginer la sodomisation du Dieu fait homme devant des gens qui ont l'impudence d'encombrer la Terre après leur date de péremption ! OK catho, dégage ! Tu es mort et tu es le seul à ne pas le savoir.

Je ne suis pas catholique, mais mon corps est vieux. Ma pensée est rance. Ma parole est incontinente. Mon cerveau est cramé. (Aux dernières nouvelles, obligeamment fournies par ceux qui ont la lourde charge d'alléger nos existences en faisant des blagues, il me « coule du nez ».) Bref, je suis un être repoussant. Je pourris sur pied, je me décompose. Me voici transformé, par la méchante fée de l'âge, en crapaud. Je promène ma carcasse déglinguée dans les lieux publics, au risque de faire peur aux enfants ou de les faire rire. Ma place est au cimetière.

Un peu de patience, l'échéance approche. Et j'invite les bouffons devenus rois, si pressés de me voir rejoindre ma dernière demeure, à méditer la mise en garde d'Alphonse Allais : « Ne nous prenons pas au sérieux, il n'y aura aucun survivant. » Le véritable humour procède de ce constat.

12

« Ah, si les choses étaient si simples, s'il y avait quelque part des hommes à l'âme noire se livrant perfidement à de noires actions, et s'il s'agissait seulement de les distinguer des autres et de les supprimer ! Mais la ligne de partage entre le bien et le mal passe par le cœur de chaque homme. Et qui ira détruire un morceau de son propre cœur ! »

ALEXANDRE SOLJENITSYNE

Une après-midi ensoleillée d'octobre 1749, Jean-Jacques Rousseau venait apporter le réconfort de l'amitié à Diderot emprisonné dans le donjon de Vincennes pour sa *Lettre sur les aveugles*. La dépense d'un fiacre excédant ses maigres moyens, Rousseau fit, comme il en avait l'habitude, le trajet à pied. Il avait emporté avec lui le dernier numéro du *Mercure galant* et, le feuilletant pour modérer son pas, il lut le questionnaire mis au concours par l'académie de Dijon pour l'année 1750 : « Si le rétablissement des sciences et des arts a contribué à épurer les mœurs ». Le sujet semblait anodin, mais Rousseau fut bouleversé : « Si jamais quelque chose a ressemblé à une inspiration, c'est le mouvement qui se fit en moi à cette lecture », écrit-il à Malesherbes quelques années plus tard. « Tout à coup, je me sens l'esprit ébloui de mille lumières ; des foules d'idées vives s'y présentèrent à la fois avec une force et une conviction qui me jeta dans un trouble inexprimable ; je sens ma tête prise par un étourdissement semblable à l'ivresse. Une violente palpitation m'oppresse, soulève ma poitrine ; ne pouvant plus respirer en marchant, je me laisse tomber sous un des arbres de l'avenue, et j'y passe une demi-heure dans une telle agitation qu'en me relevant j'aperçus tout le devant de ma veste mouillé de mes larmes sans avoir senti que j'en répandais. » Sous le choc d'une question apparemment banale, Rousseau est conduit à penser comme personne avant lui. Le rideau se déchire, il voit la vérité que niait l'optimisme des Lumières. Son siècle désignait sous le nom de civilisation le processus conjoint d'adoucissement des mœurs, d'éducation des esprits, d'avancement des sciences et des arts, de développement du commerce et de l'industrie, et d'acquisition des commodités matérielles. L'Illumination de Vincennes révèle à celui qui n'est encore personne que le siècle a tout faux. Jean-Jacques rédige fiévreusement la prosopopée de Fabricius, citoyen romain ramené à la vie pour constater les ravages du progrès. « Dieux ! Que sont devenus ces toits de chaume et ces foyers rustiques qu'habitaient jadis la modération et la vertu ? Quelle splendeur funeste a succédé à la simplicité romaine ? Quel est ce langage étranger ? Quelles sont ces mœurs efféminées ? Que signifient ces statues, ces tableaux, ces édifices ? Insensés, qu'avez-vous fait ? »

La corruption des âmes accompagne la perfection des arts, écrit Rousseau dans l'ouvrage qui le rendit immédiatement célèbre et qui fit de lui, malgré lui, un homme de lettres. Son discours sur l'origine de l'inégalité va plus loin encore. Ce n'est pas la vertu qu'il oppose à la civilisation, c'est le bon sauvage. Partagé entre l'amour de soi et la répugnance instinctive à voir souffrir son semblable, le premier homme est innocent. C'est ensuite, avec l'introduction de l'inégalité, que les choses se gâtent : « J'ai montré que tous les vices qu'on impute au cœur humain ne lui sont point naturels, j'ai dit la manière dont ils naissent, j'en ai montré, pour ainsi dire, la *généalogie.* » Généalogie et non théologie. Enchaînement des circonstances et non punition divine. Réalité advenue et non constitutive. Sur la route de Vincennes et sous un soleil écrasant, Rousseau a découvert ou cru découvrir l'histoire *totale.* Une histoire sans dehors. Une histoire à laquelle aucun comportement, aucun domaine de la réalité n'échappe. Une instance qui régit l'existence jusque dans ses plus petits détails. Et dès lors que tout est historique, tout devient nécessairement politique. Dans le monde dont Rousseau a la révélation soudaine, la politique a les coudées franches. Si les défauts des hommes procèdent d'un agencement particulier des sociétés, alors un homme sans défaut doit pouvoir naître d'une organisation différente.

Jamais avare d'un trait d'esprit, Voltaire a répondu à l'envoi du discours sur l'origine de l'inégalité en ces termes vachards : « J'ai reçu, Monsieur, votre nouveau livre et je vous en remercie. Vous plairez aux hommes mais vous ne les corrigerez pas. On ne peut peindre avec des couleurs plus fortes les horreurs de la société humaine dont notre ignorance et notre faiblesse se promettent tant de consolations. On n'a jamais employé tant d'esprit à vouloir nous rendre bêtes. Il prend envie de marcher à quatre pattes quand on lit votre ouvrage. Cependant, comme il y a plus de soixante ans que j'en ai perdu l'habitude, je sens malheureusement qu'il m'est impossible de la reprendre et je laisse cette allure à ceux qui en sont plus dignes que vous et moi. » Et la lettre se clôt sur une invitation qui est aussi un sarcasme : « Monsieur Chappuis m'apprend que votre santé est bien mauvaise. Il faudrait venir la rétablir dans l'aire natale. Jouir de la liberté, boire avec moi le lait de nos vaches et brouter nos herbes. » Voltaire, comme toujours, est drôle. Mais il est aussi, comme souvent, à côté de la plaque. Aussi nostalgique soit-il de l'état de nature, Rousseau n'est en aucune manière un penseur du retour. Il sait que l'homme ne redeviendra jamais un être autosuffisant. Le chemin de l'innocence lui est barré à jamais. Brouter n'est pas une option. Penseur de la perfectibilité, le citoyen de Genève ne regarde le passé que pour ouvrir l'avenir. La servitude étant la source de tous les maux du genre humain, ces maux disparaîtront avec l'abolition de la servitude. Voilà sa conviction. Voilà sa promesse. Voilà la bonne nouvelle dont son œuvre est porteuse. En faisant entrer l'humanité même de l'homme dans l'atelier de l'homme, le contempteur du progrès qu'est Rousseau fonde le progressisme. Il oppose au prométhéisme conquérant de la civilisation l'objectif hyperprométhéen d'une transformation radicale de la condition humaine. « Tout est bien sortant des mains de l'Auteur des choses, tout dégénère entre les mains de l'homme. » Ce constat mélancolique ouvre à l'espérance un champ illimité. La décadence annonce des lendemains qui chantent. Plus moderne que les modernes, Rousseau congédie la finitude et confère à l'homme le pouvoir de régénération qui, dans l'ancien monde, était l'apanage de Dieu. Pour lui, répétons-le, l'immoralité n'est pas inscrite dans la nature. Elle est arrivée à l'homme, elle a une origine – l'instauration de la propriété – et elle a aussi une adresse : celle des maîtres, des nantis, des bénéficiaires de l'inégalité entre les hommes. Les possédants sont les méchants. De là naît la volonté de les mettre hors d'état de nuire pour éliminer le mal. La croyance en une solution définitive du problème humain pave la voie à l'enfer. Soljenitsyne l'a compris mieux que personne et l'on peut lire l'avertissement qu'il lance dans *L'Archipel du Goulag* comme une réponse à l'Illumination de Vincennes : « Que le lecteur referme ici ce livre s'il en attend une accusation politique. Ah, si les choses étaient si simples, s'il y avait quelque part des hommes à l'âme noire se livrant perfidement à de noires actions, et s'il s'agissait seulement de les distinguer des autres et de les supprimer ! Mais la ligne de partage entre le bien et le mal passe par le cœur de chaque homme. Et qui irait détruire un morceau de son propre cœur ? » Soljenitsyne est l'archiviste scrupuleux d'un monde en noir et blanc. Il aurait pu se contenter de dénoncer dans un implacable réquisitoire les noires actions perpétrées par les concepteurs et les administrateurs du système concentrationnaire soviétique. Alors même qu'il est le survivant innocent d'un crime monstrueux, il a su résister à cette tentation irrésistible et il a mis au jour la logique manichéenne qui a enfanté le goulag. Le mal radical naît de l'externalisation et de la localisation du mal : telle est, pour Soljenitsyne, la leçon du XXe siècle.

La même stupeur et la même douleur ont conduit le philosophe polonais Leszek Kołakowski à sortir du catéchisme où elle végétait la notion qui est le grand repoussoir de la modernité : le péché originel. Il ne s'agissait évidemment pas pour lui d'enseigner la soumission aux décrets de la Providence en disant avec Pascal : « Il faut que nous soyons coupables ou Dieu serait injuste », ou avec Joseph de Maistre que « nul n'est puni comme juste mais toujours comme homme ». Kołakowski se garde d'invoquer le péché originel pour apaiser le scandale du mal. Comme l'a écrit Levinas, la disproportion entre la souffrance et toute théodicée se montra à Auschwitz et au goulag « avec une clarté qui crève les yeux ». L'idée qu'un plan divin ou que la raison dans l'histoire puisse englober et ainsi justifier l'horreur totalitaire a même quelque chose de sacrilège. Mais ce qui subsiste et même ce qui resurgit de la faute d'Adam, cette histoire à dormir debout, c'est la conscience de la caducité et de la faiblesse humaines. Nous n'avons pas le pouvoir de nous délivrer nous-mêmes du mal : telle est la grande leçon. Il nous incombe de mettre tout en œuvre pour soulager la vie sur terre – c'est le génie du projet moderne – mais nous devons veiller aussi à ne jamais laisser le *crime originel* prendre la place du péché originel.

C'est pourtant ce que fait, dans son oublieuse mémoire, le progressisme contemporain. Nous sommes invités par la sociologie devenue critique sociale à haïr la domination comme la source de tous les maux du genre humain. Cette haine règne sans partage sur les campus occidentaux et la généalogie selon Rousseau tend à devenir la chose du monde la mieux partagée. Quand le membre d'une minorité répertoriée tombe dans la violence, il faut, pour expliquer ce choix ou cette fatalité, chercher, derrière l'acte, la cause qui l'a provoquée. Et la cause, c'est le destinataire même de la violence, car, par sa classe, sa race ou son genre, il perpétue, qu'il le veuille ou non, l'injustice première. Avec la critique sociale, l'accusation se retourne et les victimes de la vengeance des peuples doivent demander pardon pour ce qui leur arrive. Même coupable, un dominé est innocent ; même innocent, un privilégié est coupable : ainsi raisonnent les progressistes ; ainsi déchiffrent-ils les événements du monde. L'idéologie dominante instruit, en toutes circonstances, le procès des dominants. Dans son roman *Les Années*, qui se veut la reconstitution d'un temps commun, Annie Ernaux remonte des attentats du 11 Septembre au mal initial que constitue la puissance américaine et, vengée par la destruction des tours jumelles de Manhattan d'avoir cru les États-Unis invincibles, elle se souvient d'un autre 11 Septembre : celui de l'assassinat du président chilien Allende dans lequel était impliquée la CIA. Dans son plaidoyer *Pour les musulmans*, Edwy Plenel invoque l'illustre patronage d'Émile Zola : « On finit par créer un danger en criant chaque matin qu'il existe. À force de montrer au peuple un épouvantail, on crée le monstre réel. » Dans *V13*, compte rendu poignant et palpitant du procès des complices des attentats qui ont fait cent trente morts à Paris le 13 novembre 2015, Emmanuel Carrère dit son admiration pour l'avocat qui a su inscrire ce déchaînement de violence dans une logique de guerre et montrer qu'il était la réponse à l'engagement meurtrier de la France en Syrie. Toujours le crime derrière le crime. Toujours le crime originel.

Le 20 avril 1751, Rousseau écrivit à Mme de Francueil, la femme de l'un de ses amis : « Oui, Madame, j'ai mis mes enfants aux Enfants trouvés, j'ai chargé de leur entretien l'établissement fait pour cela. Si ma misère et mes maux m'ôtent le pouvoir de remplir un soin si cher, c'est un malheur dont il faut me plaindre et non pas un crime à me reprocher. » Et Rousseau ne s'arrête pas là, il retourne l'accusation contre ses accusateurs. « Il ne faut pas faire des enfants quand on ne peut pas les nourrir. Pardonnez-moi, Madame, la nature veut qu'on en fasse puisque la terre produit de quoi nourrir tout le monde, mais c'est l'état des riches, c'est votre état qui vole au mien le pain de mes enfants. » De Rousseau, de sa profondeur, de sa subtilité, de sa connaissance du cœur humain, la postérité progressiste ne retient que l'Illumination de Vincennes et la généalogie qui en est issue. Rien ne la surprend. Elle traverse les apparences. Elle connaît le coupable. Et c'est toujours le même. Malgré les millions d'exemplaires de *L'Archipel du Goulag* vendus dans le monde, Soljenitsyne n'a pas fait époque. Il n'a pas fermé la parenthèse du terrible XXe siècle. Il a ouvert la parenthèse antitotalitaire qui se clôt sous nos yeux.

13

« L'homme moderne a fini par en vouloir à tout ce qui est donné, même sa propre existence – à en vouloir au fait même qu'il n'est pas son propre créateur ni celui de l'univers. Dans ce ressentiment fondamental, il refuse de percevoir rime ni raison dans le monde donné. Toutes les lois simplement données à lui suscitent son ressentiment, il proclame ouvertement que tout est permis et croit secrètement que tout est possible [...]. L'alternative à un tel ressentiment serait une gratitude fondamentale pour les choses qui nous sont véritablement et invariablement données comme la vie elle-même, l'existence de l'homme et du monde. »

HANNAH ARENDT

Le trans – c'est-à-dire la personne qui ne se reconnaît pas dans son sexe biologique et qui entreprend d'en changer par les moyens lourds de la chirurgie ou par simple déclaration – est la figure emblématique du troisième millénaire.

Le trans montre la voie. Le trans incarne l'accomplissement de l'histoire. Avec le trans, le processus d'émancipation arrive à son terme. Ce n'est plus un individu parmi d'autres, c'est notre avant-garde et même notre rédemption. Ce n'est plus un *problème* marginal, c'est un immense *progrès*. Ce n'est plus une anomalie douloureuse, c'est le tribunal devant lequel comparaît la norme. Bref, ce n'est plus une *exception* demandant à être écoutée, aidée, et accompagnée du mieux possible, c'est, dès l'enfance, un *exemple* auquel on se doit, quand on n'a pas l'esprit borné ou l'âme mauvaise, de rendre hommage. Devant ce phénomène, seuls l'enthousiasme et l'admiration sont de mise. L'inquiétude est interdite, la prudence elle-même relève du préjugé. Pas de place pour la nuance, la complexité, la perplexité, le questionnement. Apologie ou barbarie, ferveur ou phobie, ralliement sans réserve ou obscurantisme rétrograde : tel est le seul choix possible. En donnant congé à la biologie, la dysphorie de genre s'inscrit dans le registre épique de la geste révolutionnaire. Celui qui, comme si de rien n'était, demeure attaché à la différence des sexes ou la déclare indépassable trahit sa nostalgie de l'Ancien Régime. C'est, à l'image de Claude Habib, de J. K. Rowling ou de Caroline Eliacheff, un arriéré, un passéiste, un ci-devant. Le trans est le *Messie du je*.

En se posant comme sujet, l'être humain avait certes conquis et consolidé son autonomie depuis l'aube des Temps modernes. Il ne recevait plus d'ordres d'en haut. Ramenant l'autorité du Ciel sur la Terre, il obéissait aux lois qu'il avait lui-même édictées. Il était son propre prescripteur, mais il n'était pas son propre créateur. Il ne choisissait pas le masculin ou le féminin. Il avait beau accumuler les droits, il héritait encore de son être, sa liberté restait hypothéquée par sa naissance. Le scandale s'achève. Sortant définitivement de l'aliénation, l'humanité rejette cette mainmise immémoriale. Sur le modèle des trans, chacun est invité à se réapproprier son origine et à s'affranchir, ce faisant, de la condition humaine. « Rien en moi ne me précède », telle est l'ultime maxime de la liberté.

L'expérience du changement de sexe demeure certes

très minoritaire mais, grâce à elle, l'ordre binaire est aboli. Nul n'est plus condamné à être ce qu'il lui est donné d'être. La pesanteur est conjurée, la finitude est vaincue, la fluidité peut enfin prévaloir. À côté de *il* et de *elle*, *iel* a fait son apparition dans la langue officielle. Un bonnet arc-en-ciel coiffe le vieux dictionnaire : *iel* est le pronom dédié au refus des rôles genrés. Abolition de la fatalité, licenciement du donné, résiliation de la dette originaire : la nature, cette rabat-joie, n'a plus voix au chapitre. Maintenant tout est culturel, et la culture s'offre à toutes les manipulations. Sur ce qui, depuis des temps immémoriaux, passait pour indisponible, le « je veux » entend régner sans partage. Aucun déjà-là n'est opposable au choix de soi. Le ressenti dicte sa loi, la subjectivité s'affirme souveraine : le réel, dans son intégralité, se présente comme un catalogue. « Androgyne, transsexuel, bigenre, hermaphrodite, mâle ou femelle : sur Facebook, je peux cliquer sur plus de cinquante-six identités sexuelles pour me définir », ai-je appris en lisant Eugénie Bastié. Rien n'est hors de portée, de tout on peut passer commande, il n'est pas un article de l'existence qui ne se retrouve sur les rayons du supermarché planétaire.

Chacun fait donc ses emplettes, chacun fait sa tambouille. Faire, ce n'est plus *faire avec*. Nul n'est, comme on dit, « assigné à résidence » dans quelque identité que ce soit. En guise de monde d'après le système hétéronormatif et les stéréotypes de genre, nous inaugurons à grand fracas l'ère de l'arraisonnement illimité et de la consommation universelle. Ainsi le ressentiment prend le pas sur la gratitude, l'altérité disparaît dans l'échangeabilité, un nouveau grand récit se propage sur les réseaux sociaux et la pensée de la technique exerce son hégémonie sous la glorieuse apparence du triomphe de la liberté.

Ironie de l'histoire : le tsar du Kremlin ayant déclaré la guerre au « nazisme LGBT » de l'Occident décadent, le trans devient, face à l'axe totalitaire, le marqueur par excellence de la démocratie.

14

« Car il faut que l'homme soit sauvé de la vengeance : cela est pour moi le pont qui mène aux plus hauts espoirs. C'est un arc-en-ciel après de longs orages. Cependant les tarentules veulent qu'il en soit autrement. "C'est précisément ce que nous appelons justice, quand le monde se remplit des orages de notre vengeance" – ainsi parlent entre elles les tarentules.
"Nous voulons exercer notre vengeance sur tous ceux qui ne sont pas à notre mesure et les couvrir de nos outrages" – c'est ce que jurent en leur cœur les tarentules. »

FRIEDRICH NIETZSCHE

Dans le roman de Philip Roth *Exit le fantôme*, Nathan Zuckerman, de retour à New York après onze ans de réclusion volontaire dans un coin perdu du Massachusetts, est harcelé par le jeune et fougueux Richard Klinman. Journaliste free-lance, celui-ci veut écrire une biographie d'E. I. Lonoff, le maître de Zuckerman, mort depuis longtemps et tombé dans l'oubli. Lors d'un rendez-vous sur un banc de Central Park, le journaliste apprend au romancier qu'il s'apprête à révéler au public la liaison incestueuse que Lonoff aurait entretenue avec sa demi-sœur. Réponse de Zuckerman : « Vous comptez donc restaurer la réputation de l'écrivain Lonoff en ruinant celle de l'homme. Remplacer le génie du génie par le secret du génie. La réhabilitation par le déshonneur. »

Quelque quinze ans après cet échange fictif, en janvier 2021, paraissait, sous la signature de Blake Bailey, une imposante biographie de Philip Roth. Trois mois plus tard, le 27 avril exactement, l'éditeur américain décida de retirer le livre de la vente car l'auteur était accusé d'agression sexuelle par deux femmes : une éditrice et une ancienne étudiante. *L'Obs* rendit compte de cette affaire dans un article intitulé : « Les derniers secrets de Philip Roth ». Le journaliste ne dévoilait rien de tangible mais laissait entendre que Bailey ne disait pas tout, qu'un pacte tacite de non-divulgation devait lier les deux hommes au passé opaque. De telles insinuations sont d'un grand réconfort, car comme l'écrit encore Philip Roth dans *Exit le fantôme*, « cela montre bien que non seulement les écrivains ne valent pas mieux que nous autres, ainsi qu'ils le prétendent, mais qu'ils sont pires que nous. Fameux génies ».

Au début du XXIe siècle, l'hebdomadaire qui s'appelait encore *Le Nouvel Observateur* titrait admirativement : « Philip Roth, le roi ». Mais ceux que Nietzsche appelle les « prédicateurs de l'égalité » ne peuvent s'accommoder durablement d'une telle consécration. Ces hyperdémocrates souffrent de devoir lever les yeux. L'admiration leur pèse. Le génie les humilie. Ils aspirent à être débarrassés de ce qui les dépasse. Ils veulent, comme le dit encore Nietzsche, « le nivellement de la montagne et de la vallée ». Barthes rêvait d'« un biographe amical et désinvolte » qui réduirait sa vie « à quelques détails, à quelques goûts, à quelques inflexions, disons des "biographèmes" dont la destination et la mobilité pourraient voyager hors de tout destin et venir toucher, à la façon des atomes épicuriens, quelques corps futurs promis à la même dispersion ». Ce rêve ne se réalisera pas. Ni amicaux ni, bien sûr, désinvoltes, les biographes sont, à quelques très rares exceptions près, les mandataires méticuleux de la morale du ressentiment. Il leur incombe de réparer l'affront de l'éminence et de rabattre le caquet des esprits prétendument supérieurs. La mission qui leur est assignée consiste à faire déchoir les auteurs incomparables en les enfonçant dans la médiocrité commune voire, si possible, dans l'abjection. Derrière l'œuvre, la vie. Et sous la surface chatoyante ou monotone de la vie, l'égoïsme, la mesquinerie, la misogynie, la part d'ombre, les lourds secrets, la Faute.

Bailey lui-même doit montrer, s'il veut être crédible, qu'on ne la lui fait pas, qu'il ne s'en laisse pas accroire. « Philip » aurait sans doute apprécié son travail, confie-t-il au journaliste enquêteur, mais « il y a aussi certaines choses qui auraient été extrêmement mortifiantes s'il avait pu en prendre connaissance ». L'honneur est sauf.

15

« I believe in yesterday »

PAUL MCCARTNEY

L'admirable credo politique de Leszek Kołakowski, « Comment être "socialiste-conservateur-libéral" », commence par ces mots : « "Avancez vers l'arrière, s'il vous plaît !", telle est la traduction approximative d'une injonction que j'entendis un jour dans un tramway de Varsovie. Je propose d'en faire le mot d'ordre d'une Internationale qui ne verra jamais le jour. »

Le grand penseur polonais avait, hélas, raison. L'Internationale à laquelle il aspirait est un vœu pieux ou, plus exactement, blasphématoire. Pour avancer vers l'arrière, il faut d'abord se retourner. Et ce simple mouvement vous vaut aujourd'hui d'encourir le fouet de la réprobation. Plus le monde s'enlaidit, plus la société s'ensauvage et plus le regret du passé suscite la méfiance voire la colère. Si vous soupirez au lieu de sourire en regardant devant vous, votre mélancolie suscite le sarcasme et vous êtes exclu du cercle de la conversation légitime. On vous dit, de surcroît, que le passé dont vous portez le deuil n'a jamais eu lieu, que vous fantasmez, que vous réécrivez l'histoire. Progressistes, écologistes et libéraux s'accordent sur ce point : vous appelez souvenirs vos divagations, aucune archive ne porte la trace de votre *yesterday*. Pire même : les temps changent et vous êtes furieux de ne plus en faire partie. Vous ne vous résignez pas à votre destin de *has been*. La technique vous panique, les innovations vous déstabilisent. Âgé donc sclérosé, ralenti donc routinier, vous voudriez que rien ne bouge. Alors vous tapez du pied et vous calomniez ceux qui auront l'audace, le mauvais goût, la cruauté de vous survivre. Vous vous vengez d'être largué et de devoir quitter bientôt la Terre en déplorant l'effondrement de tout. Vous maudissez le présent parce que vous ne le comprenez plus et vous salissez l'avenir faute d'en avoir un.

Eh bien, non ! Je n'ai pas, en vieillissant, sombré dans l'amertume. Et je ne suis pas archéophile au point de méconnaître les innombrables bienfaits de la modernité : nous avons la chance de ne plus être soumis à l'ordre des choses, les femmes n'enfantent plus dans la douleur, le foyer n'est plus leur prison, nous pouvons aimer comme bon nous semble, nous nous remettons de maladies naguère incurables. Pour ces améliorations, j'éprouve un sentiment de gratitude, mais j'ai aussi en tête cette phrase de Guy Debord : « Quand être "absolument moderne" est devenu une loi spéciale proclamée par le tyran, ce que l'honnête esclave craint plus que tout, c'est que l'on puisse le soupçonner d'être passéiste», et, malgré les ordres, j'ai la mémoire intacte. Je me souviens que :

Les vaches, les poules, les cochons vivaient mieux avant l'élevage concentrationnaire.

La culture, c'était mieux avant le tout-culturel.

La République, c'était mieux avant les territoires perdus.

Le bac, c'était mieux quand ce n'était pas une blague.

L'élitisme pour tous, c'était mieux que l'antiélitisme.

Le vivre-ensemble, c'était mieux quand le mot n'existait pas.

La lutte des classes, c'était mieux que la fracture française.

La presse scrupuleuse qui rapportait modestement les vérités factuelles, c'était mieux que la presse vigilante qui censure impitoyablement tous les faits non conformes à son grand récit antiraciste.

«Il est interdit d'interdire» avait bien des défauts, mais c'était quand même mieux que la *cancel culture*.

Le monde réel, c'était mieux que l'écran total.

Ennuyeux, c'était moins pénible que chiant.

Ma mère, c'était mieux que maman.

L'auteur des *Bijoux de la Castafiore*, c'était mieux que le papa de Tintin.

L'antiracisme, c'était mieux avant Meghan et Harry.

Les professeurs, c'était mieux que les profs.

« Sveltes, sévères, sanglés », c'était mieux que tee-shirt, jean, baskets.

L'uniforme, c'était mieux que l'uniformité.

La gauche, c'était mieux avant qu'elle ne remplace la défense de la laïcité par la lutte contre les discriminations.

La laïcité, c'était mieux avant qu'elle ne s'assigne pour mission prioritaire l'effacement de la marque chrétienne en France.

La conversation dans les cafés, c'était mieux avant la musique d'ambiance.

Les mannequins, c'était mieux avant qu'on ne leur demande de défiler en faisant la gueule.

Les boulangeries, c'était mieux quand elles vendaient des croissants ordinaires.

La vieillesse, c'était mieux avant qu'elle ne soit obligée, pour avoir encore voix au chapitre, de montrer patte blanche en répétant : « C'était pas mieux avant, c'était pas mieux avant. »

Les paysages, c'était mieux avant les éoliennes.

L'écologie, c'était mieux avant qu'elle ne sacrifie la beauté du monde au sauvetage de la planète.

Les yeux voyaient mieux quand il y avait des poètes.

Le silence, c'était mieux avant qu'il ne soit traité en ennemi et chassé de partout.

L'anglais, c'était mieux avant le *bad buzz*, les *punchlines*, Google Maps, le *job dating*, la *start-up nation*, les *flyers*, les *gamers*, les *leaders* et les *followers* du *globish*.

Le français, c'était mieux avant « celles et ceux », « chacune et chacun », « toutes et tous ».

Soutenir son équipe de cœur, c'était mieux que la supporter.

L'égalité, c'était mieux avant l'écriture inclusive.

La syntaxe, c'était mieux avant « On doit travailler en profondeur sur comment on peut développer le vivre-ensemble », « Je me suis interrogé sur pourquoi j'ai écrit *Retour à Reims* » ou « Il y a un débat qu'on a à l'intérieur du monde éducatif sur quelle est la meilleure manière d'enseigner les valeurs de la République ».

Les cailloux du Petit Poucet, c'était mieux que le clavier de Petite Poucette.

L'intimité, c'était mieux avant qu'elle ne se déverse sur Facebook ou sur Instagram.

Cours magistral, autrefois, c'était un pléonasme. Aujourd'hui, c'est un oxymore. La transmission y a-t-elle gagné ?

Les rues, c'était mieux avant le téléphone portable ; les autobus et les salles de classe aussi.

L'humour, c'était mieux avant les marathons du rire.

L'appel du 18 Juin, c'était mieux avant sa contrefaçon par l'intelligence artificielle.

Le passé, c'était mieux quand il était étudié et non mis en examen.

Le présent, c'était mieux quand il ne parlait pas tout seul.

Le contradictoire et la présomption d'innocence, c'était mieux que « On vous croit ».

Le progrès, c'était mieux avant qu'il ne se transforme en processus automatique.

Le mal du pays, c'était mieux avant l'exil à domicile.

Paris, c'était mieux avant la condamnation de ses habitants aux chantiers à perpétuité, sans aménagement de peine.

L'urbanité, c'était mieux que les rodéos urbains.

Le Club des Cinq, c'était mieux avec le passé simple.

L'Université, c'était mieux avant le fanatisme woke et sa prétention de n'exister que dans la tête de ses détracteurs.

La délicatesse, c'était mieux avant l'instauration du *trigger warning* pour ménager les susceptibilités communautaires.

L'héritage de la noblesse du monde, c'était mieux avant sa division entre patrimoine et matrimoine.

Être concentré, c'était mieux qu'être focus.

Réfléchir autrement, c'était mieux que changer de logiciel.

Les villes, les théâtres, les musées, les lieux de culte, c'était mieux avant la macdonaldisation générale : « Venez comme vous êtes. »

Le surmoi, c'était mieux avant Greta Thunberg.

Agatha Christie, c'était mieux avant sa réécriture arc-en-ciel.

Picasso, c'était mieux avant son inculpation pour misogynie par les élèves des écoles d'art.

Agréable, gentil, charmant, prévenant, avenant, attirant, distrayant, ravissant, émouvant, troublant, déroutant, bouleversant, renversant, saisissant, trépidant, palpitant, captivant, réjouissant, rafraîchissant, réconfortant, stimulant, fascinant, profond, admirable, splendide, sublime, subtil, somptueux, mystérieux, chaleureux, attentionné, adorable, c'était mieux que *sympa*. Sous ses dehors bonhommes, sympa, c'est Attila : après son passage, les différences ne repoussent plus.

Les rêveries des promeneurs solitaires, c'était mieux que la connexion permanente au lit, assis, debout, à pied, à vélo et en voiture.

Être en deuil, c'était plus humain que faire son deuil.

La nostalgie, c'était mieux avant sa criminalisation par tous ceux qui voient se profiler le museau de la Bête dans la moindre marque d'affection pour le monde antérieur à la diversité heureuse.

« Il y a tant à défendre ! Il faut être fidèle. »

FRIEDRICH HÖLDERLIN

OUVRAGES CONSULTÉS

Chapitre 1

Paul Valéry, *Cahiers*, t. II, Gallimard, « Bibliothèque de la Pléiade », 1974.

Marcel Proust, *Le Temps retrouvé*, Gallimard, « Folio classique », 1990.

George Eliot, *Middlemarch*, Gallimard, 2005.

Vladimir Jankélévitch, *Traité des vertus*, t. II, *Les Vertus et l'amour*, Flammarion, 1971.

Chapitre 2

Elias Canetti, *Le Livre contre la mort*, Albin Michel, 2018.

Pascal, *Pensées*, Éditions du Cerf, 2005.

Bossuet, *Sermons sur la mort*, Éditions des Équateurs, 2019.

—, *Oraisons funèbres*, Gallimard, 2004.

Johannes von Tepl, *Le Laboureur et la mort*, Van Dieren Éditeur, 1996.

Ernst Cassirer, *Individu et cosmos dans la philosophie de la Renaissance*, Éditions de Minuit, 1927.

Michel Malherbe, *Alzheimer. La vie, la mort, la reconnaissance*, Vrin, 2015.

Michel Houellebecq, *Anéantir*, Flammarion, 2022.

Jonathan Franzen, *Les Corrections*, Éditions de l'Olivier, 2002.

Paul Ricœur, *Vivant jusqu'à la mort*, Seuil, 2007.

Chapitre 3

François Poirié, *Emmanuel Levinas. Essai et entretiens*, Actes Sud, 1996.

Emmanuel Levinas, *Autrement qu'être ou au-delà de l'essence*, Martinus Nijhoff, 1978.

—, *Totalité et infini. Essai sur l'extériorité*, Martinus Nijhoff, 1971.

—, *Quatre lectures talmudiques*, Éditions de Minuit, 1965.

Jean-Jacques Rousseau, *Discours sur les sciences et les arts*, in *Œuvres complètes*, t. III, Gallimard, « Bibliothèque de la Pléiade », 1964.

Laurent Gaudé, *Nous, l'Europe banquet des peuples*, Actes Sud, 2019.

Paul Valéry, *Regards sur le monde actuel*, in *Œuvres*, t. II, Gallimard, « Bibliothèque de la Pléiade », 1960.

Chapitre 4

Milan Kundera, *L'Art du roman*, Gallimard, 1986.

—, *Un Occident kidnappé, ou la tragédie de l'Europe centrale*, Gallimard, 2021.

Jeannine Verdès-Leroux, *Le Réveil des somnambules. Le parti communiste, les intellectuels et la culture (1956-1985)*, Fayard/Éditions de Minuit, 1987.

Ulrich Beck, *Qu'est-ce que le cosmopolitisme ?*, Aubier, 2006.

Les Cahiers de Strasbourg, *Le Désir d'Europe*, La Différence, 1992.

Jürgen Habermas, *L'Intégration républicaine*, Fayard, 1995.

Eugenio Garin, *L'Éducation de l'homme moderne*, Fayard, 1968.

Élisabeth Badinter, préface à Georges Bensoussan, *Une France soumise. Les voix du refus*, Albin Michel, 2017.

Chapitre 5

Marc Bloch, *L'Histoire, la Guerre, la Résistance*, Gallimard, « Quarto », 2006.

Pierre Bourdieu et Jean-Claude Passeron, *Les Héritiers*, Éditions de Minuit, 1964.

Marie Duru-Bellat, *Le Mérite contre la justice*, Presses de Sciences Po, 2019.

Mona Ozouf, *Jules Ferry. La liberté et la tradition*, Gallimard, 2014.

Jacques Bouveresse, *Bourdieu, savant & politique*, Agone, 2003.

Alain Viala, « Nouveau programme de français », *L'École des lettres*, 1999-2000.

Les Linguistes atterré.e.s, *Le français va très bien, merci*, Gallimard, « Tracts », 2023.

Hannah Arendt, *De la révolution*, Gallimard, 1985.

Michel Serres, *Petite Poucette*, Le Pommier, 2012.

Jaime Semprun, *L'abîme se repeuple*, Éditions de l'encyclopédie des nuisances, 1997.

Chapitre 6

Thomas Mann, « Régénération de la bienséance », in *Les Exigences du jour*, Grasset, 1971.

Jean-François Braunstein, *La Religion woke*, Grasset, 2022.

François Cusset, *La Haine de l'émancipation. Debout la jeunesse du monde*, Gallimard, « Tracts », 2023.

Chapitre 7

Charles de Gaulle, *Mémoires d'espoir*, Gallimard, « Bibliothèque de la Pléiade », 2000.

Mona Ozouf, *Jules Ferry. La liberté et la tradition*, Gallimard, 2014.

Sébastien Ledoux, *Le Devoir de mémoire, une formule et son histoire*, CNRS Éditions, 2016.

Pierre Hebey, *La Nouvelle Revue française des années sombres. 1940-1941*, Gallimard, 1992.

Bernard-Henri Lévy, *L'Idéologie française*, Grasset, 1981.

André Suarès, *Vues sur l'Europe*, Grasset, 1939.

Simone Weil, *L'Enracinement*, Gallimard, 1949.

Emmanuel Levinas, *Difficile liberté*, Albin Michel, 1976.

Franz Rosenzweig, *L'Étoile de la Rédemption*, Seuil, 2003.

Chapitre 8

Hannah Arendt, « De l'humanité dans de sombres temps », in *Vies politiques*, Gallimard, « Tel », 1974.

Régis Debray, *Loués soient nos seigneurs. Une éducation politique*, Gallimard, 1996.

Thomas Stern, *Mes morts*, Éditions de l'Éclat, 2019.

Robert Linhart, *L'Établi*, Éditions de Minuit, 1981.

Jean-Pierre Obin, *Comment on a laissé l'islamisme pénétrer l'école*, Hermann, 2020.

Renaud Dély, Pascal Blanchard, Claude Askolovitch, Yvan Gastaut, *Les années 30 sont de retour*, Flammarion, 2014.

Luc Boltanski, Arnaud Esquerre, *Vers l'extrême, extension des domaines de la droite*, Éditions Dehors, 2014.

Jean-Gabriel Cohn-Bendit, Éric Delcroix, Claude Karnoouh, Vincent Monteil, Jean-Louis Tristani, *Intolérable intolérance*, La Différence, 1981.

Adolf von Harnack, *Marcion. L'évangile du Dieu étranger*, Éditions du Cerf, 2003.

Antoine de Baecque, *Godard. Biographie définitive*, Grasset, 2023.

Chapitre 9

Alexis de Tocqueville, *De la démocratie en Amérique*, Robert Laffont, « Bouquins », 1986.

Renaud Camus, *Du sens*, P.O.L, 2002.

Edwy Plenel, *L'Appel à la vigilance*, La Découverte, 2023.

Paul Audi, *Troublante Identité*, Stock, 2022.

Chapitre 10

Virginia Woolf, *Une chambre à soi*, Denoël/Gonthier, 1978.

Régis Debray, *Où de vivants piliers*, Gallimard, 2023.

Sophie Calle, *Prenez soin de vous*, Actes Sud, 2007.

Blake Bailey, *Philip Roth*, Gallimard, « NRF Biographies », 2022.

Chapitre 11

Milan Kundera, *Les Testaments trahis*, Gallimard, 1992.

Henri Bergson, *Le Rire. Essai sur la signification du comique*, PUF, 1981.

Victor Hugo, « Le Crapaud », in *Les Contemplations*, in *Poésie*, t. II, Robert Laffont, « Bouquins », 1985.

—, *L'homme qui rit*, Gallimard, « Folio », 2002.

Vassili Grossman, *Carnets de guerre, 1941-1945*, Calmann-Lévy, 2007.

Chapitre 12

Alexandre Soljenitsyne, *L'Archipel du Goulag*, Seuil, 1973.

Jean-Jacques Rousseau, *Lettres philosophiques*, Le Livre de Poche, 2003.

—, *Discours sur les sciences et les arts*, *op. cit.*

Leszek Kołakowski, *Le Village introuvable*, Éditions Complexe, 1986.

Annie Ernaux, *Les Années*, Gallimard, 2008.

Edwy Plenel, *Pour les musulmans*, La Découverte, 2014.

Emmanuel Carrère, *V13*, P.O.L, 2022.

Chapitre 13

Hannah Arendt, *Les Origines du totalitarisme*, Gallimard, « Quarto », 2002.

Claude Habib, *La Question trans*, Gallimard, « Le Débat », 2022.

Eugénie Bastié, *Sauver la différence des sexes*, Gallimard, « Tracts », 2023.

Chapitre 14

Friedrich Nietzsche, *Ainsi parlait Zarathoustra*, in *Œuvres*, t. II, Robert Laffont, « Bouquins », 1993.

Philip Roth, *Exit le fantôme*, Gallimard, 2007.

Roland Barthes, *Sade, Fourier, Loyola*, Seuil, 1971.

Chapitre 15

Leszek Kołakowski, « Comment être "socialiste-conservateur-libéral" », *Commentaire*, n° 4, hiver 1978.

Habitant de l'ancien monde, j'écris avec un stylo. J'ai donc dicté ce texte à Adèle Deuez, que je remercie de tout cœur pour sa disponibilité, sa dextérité, sa patience et sa gentillesse.

Composition : IGS-CP à L'Isle-d'Espagnac (16)
Achevé d'imprimer par Normandie Roto Impression s.a.s.
à Lonrai, en décembre 2023
Dépôt légal : décembre 2023
Numéro d'imprimeur : 2304831

ISBN : 978-2-07-304898-1 / Imprimé en France

619914